詩語 같은 자전 에세이

미움에 대한 예의

윤경숙 지음

청어

미움에 대한 예의

윤경숙 지음

발행처·도서출판 **청어**
발행인·이영철
영 업·이동호
홍 보·최윤영
기 획·천성래 | 이용희
편 집·방세화 | 원신연
디자인·김바라 | 서경아
제작부장·공병한
인 쇄·두리터

등 록·1999년 5월 3일
(제321-3210000251001999000063호.)

1판 1쇄 인쇄·2017년 4월 20일
1판 1쇄 발행·2017년 4월 30일

주소·서울특별시 서초구 효령로55길 45-8
대표전화·586-0477
팩시밀리·586-0478

홈페이지·www.chungeobook.com
E-mail·ppi20@hanmail.net
ISBN·979-11-5860-470-7(03810)

이 도서의 국립중앙도서관 출판시도서목록(CIP)은 서지정보유통지원시스템 홈페이지
(http://seoji.nl.go.kr)와 국가자료공동목록시스템(http://www.nl.go.kr/kolisnet)에서
이용하실 수 있습니다.(CIP제어번호: CIP2017003850)

하얀 봉투 받아 보는 순간
떨리고 설레는 마음.

언제나 그 순간은 행복하다.

당신의 마음을 기다리며…….

프롤로그

차마, 침묵할 수 없다.

남다른 인고(忍苦)의 삶을 살아야 했던 나는 젊디젊은 삼십 대 초반에 모든 것을 체념하고 무속인이 되는 길을 택하게 되었다. 그 선택은 나로 하여금 신(神)과 종교, 그리고 현실과 영혼세계 사이에서 숱한 갈등과 방황을 하게 했다. 그런 혼돈의 과정을 겪고 있을 때 하늘의 도움인지 불교계 큰스님들을 만날 수 있었던 것은 큰 행운이었다. 그렇게 해서 더 이상 방황하지 않고 법사(法師)의 길로 갈 수 있었다. 그리고 그것은 내 인생에 큰 전환점이 되었다. 교도소 재소자들, 특히 사형수들을 위해 봉사할 수 있었고, 내가 공부할 수 있는 기회도 만들어졌기 때문이다. D대학 불교대학원에서 불교학, 인도종교철학, 상담심리치료학 등을 공부하며 안정을 찾을 수 있었다. 또한 불교사회복지학, 비교종교학, 밀교(密敎)에서 마음을 정리할 수 있었다. 밀교는 모든 종교의 모체이며 근본이다.

무당이 신(神)의 힘을 제어하지 못하고 신에게 휘둘리는 존재라면, 그 신을 다스릴 수 있는 힘, 그 힘은 오직 '나' 자신에게 있다는, 즉 자아(自我)을 깨닫게 되었다. 집에는 신당을 차려놓았지만 밖에서는 요식업을 했다. 신과의 전쟁을 하며 그 풍파를 이겨내려는 몸부림이었다.

『금강경』을 독송하고 사경(寫經) 하며 마음을 점차적으로 다스릴 수 있었다. 그리고 결국은 모든 것을 이겨내고 평정을 찾고 지혜의 눈을 뜰 수 있었다.

그렇게 법사의 길을 가면서 사십 대 초반에 내 어머니가 창건한 사찰 대암사를 인수하고 삭발을 했다.

그때, 나는 드디어 내 인생이 안정되었다고 믿었다. 마음이 평

화롭고 나름 행복했다. 그러나 그 행복은 길지 않았다.

사이비 종교 교주로 사기꾼이라는 누명을 쓰게 되었다. 아이러니하게도 남편이 나를 도우려고 했던 일이 오히려 아내인 나를 감옥으로 보내게 되는 어처구니 없는 비극으로 전개된 것이다. 아내가 그리 되자 그 충격과 죄책감을 이기지 못한 남편은 내가 구속되고 얼마 후 눈을 감았다.

감옥에서 나는 남편의 기막힌 변사 소식을 들어야만 했다. 단 5일의 귀휴로 그의 부검과 장례를 치르고 재수감되어 영어(囹圄)의 몸으로 차디찬 공간에서 피를 토하는 고통을 감수해야만 했다.

사계절을 보내고 다시 세상으로 나왔을 때, 나는 내 몸 하나 의지할 곳이 없는 미아 신세가 되어 있었다. 머물 곳도 없고 남편도 가고 그야말로 허공에 떠도는 홀씨가 되어 빈 하늘을 맴돌아야 했다.

정신줄을 여러 번 놓기도 했었다. 숨을 쉬고 있으니 살아있지
만 살아있는 사람 노릇을 할 수가 없었다. 태중의 아기가 태어
나 목을 가누고 걸음마를 배우듯, 그렇게 오십을 바라보는 나
이에 허허벌판에서 빈 몸으로 새 삶을 다시 시작해야 하는 기
막힌 운명을 맞은 것이다.

칠십을 바라보는 지금, 내가 더 이상
침묵할 수 없음이다.

차례

1부

삶의 여울목에서

웃는다.

외롭고 힘겹기에

우리 삶에는 누구에게나 동등하게 주어지는 24시간이 있고 살아가는 공간이 있다. 그런 똑같은 여건 속에서 어떤 생각을 하고 어떤 노력을 했는지 그 결과가 자신의 인생이고 운명이다.

인생은 누구 때문이 아니다. 모두 자신이 홀로 애쓰고 노력함으로써 맺어지는 열매다. 그 결과 또한 자신의 몫이다. 누군가를 탓하고 원망하는 것은 바른 삶이 아니다. 성공도 행복도 오직 자신이 만드는 작품이다.

화석

시간은 무심한 듯 흘렀다.

그 흘러간 세월에서 너무나 외롭고 처절했던 아픔의 흔적들이 마치 화석처럼 굳어져 내 가슴 깊이 묻혀있다.

젊은 날. 평범한 삶을 사는 사람이라면 따뜻한 방에서 사랑하는 사람과 편안한 잠을 자고 있었을 것이다. 그런데 나는 그런 시간에 외진 사찰 차가운 법당에서 떨고 있었다. 나도 따뜻한 내 집이 몹시 그리웠다. 더욱이 어린 두 아들의 눈망울이 어른거려 수없이 흐느끼며 울었다.

그런 모진 시간에서 나는 한줄기 빛을 보았다.

형용할 수 없는 오색찬란한 그 빛. 그 신비한 빛을 보며 가슴이 떨렸다. 그 빛을 보고 있으면 신선한 바람이 내 얼굴에 스쳤다.

· · · 미움에 대한 예의

그리고 마음이 평온해졌다. 마치 마법에 걸린 듯 그 빛을 보기 위해 철야기도를 수없이 반복하게 되었다. 결국 나는 그 빛에 중독되었다.

살고 싶었던 몸부림의 흔적들이다.

새 아침

이쯤이 내 인생 전환점이 아닐까?

황혼의 인생이지만 나이 숫자에 연연하지는 않는다. 한 구비 살아온 길, 아니 살아낸 길을 돌아보며 정리할 것은 정리하고 버릴 것은 버리고 잊을 것은 잊으려 한다. 앞으로 남아 있는 삶을 아름답게 마무리 하고 싶다.

어제는 지나간 과거다. 이제부터는 내일을 위해 오늘을 더 열심히 살아 보리라.

소박하지만 간절한 꿈도 하나 있다.

한번쯤은 내 인생 한 자락에 사랑하는 사람과 함께 다정한 동행을 해 보고 싶다.

음지에서 홀로 울어야 했던 얼룩진 과거를 털어 내고 밝게 웃으며 살아보고 싶은 거다. 지난날의 애환 다 풀고 가볍게 가고 싶다.

··· 미움에 대한 예의

우울하기만 했던 젊은 시절을 지나온 지금, 그래서 지금이 좋다.

내 인생

새 아침을 맞고 싶다.

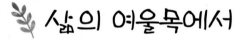 삶의 여울목에서

우리 삶에서 가장 아끼고 소중하게 해야 할 것 중의 하나가 바로 시간일 것이다. 물론 시간뿐만 아니라 모든 것을 아끼고 낭비하지 않아야 할 것이다. 뭔가를 맥없이 낭비한다는 것은 참으로 안타까운 일이라고 생각한다.

손자 손녀 여럿을 돌보면서 언제 글을 쓰느냐고 묻는 사람들이 있다. 전철이나 버스에서 자리에 앉게 되면 스마트폰 노트패드에 글을 쓴다. 그렇게 언제 어느 때고 때를 가리지 않고 틈틈이 쓴다. 그렇게 쓴 글들을 새벽에 다시 정리한다. 아무리 늦게 잠자리에 들어도 습관처럼 보통 새벽 서너 시 전후면 깨어 컴퓨터를 켜고 앉는다. 가끔은 까만 밤을 하얗게 지새우기도 한다. 그렇게 나는 밤이나 새벽을 좋아하고 다른 사람들에 비해서 잠을 덜 자는 편이다. 모두가 잠에 빠져있는 고요한 그 시간, 그런 시간이 참 좋

··· 미움에 대한 예의

다. 마치 내가 세상을 지배하는 사람이 된 듯이 우쭐한 마음에 괜히 혼자 뿌듯하고 행복하다.

새벽형 인간. 그렇게 내가 철저히 새벽 형 사람이 된 것은 순전히 엄마 덕분이다. 어린 나에게 엄마는 날이 밝기도 전 이른 새벽에 잠을 깨우며 듣기 민망할 수준의 적나라한 욕설을 마구 해댔다.
"기생 년들이나 밤새 남의 서방들 끼고 술 처먹으니 늦잠 자빠져 자는 거지, 어디 여염집 여자가 늦잠을 자느냐, 이년아!"
그러니 그런 욕설을 듣지 않으려고 신경이 날카롭게 곤두서고 새벽잠을 깰 수밖에 없었다. 어린 나이에 꼭두새벽에 일어나야 하는 고단함. 그리고 이어지는 힘든 부엌일들. 아궁이에 재를 쳐내고 우물물을 지게로 길어 오고. 지금 생각해도 어린 나이에 가슴 짠한 일이다. 그렇게 새벽부터 고달픈 일과를 감당해야 했다. 잠을 실컷 자 보았으면 하는 것이 간절한 소원이기도 했다. 그러나 철이 들면서 느낀 것은 새벽형 인간이 된 것에 대한 감사함이다.

전화위복. 그렇다. 엄마로부터 그런 시달림이 있었기에 새벽에 일어나는 습관이 되었고 그 덕분에 글을 쓸 수 있는 사람이 된 것이다. 그야말로 전화위복이 아닌가? 그렇듯 이제는 글 쓰는 일이 내 인생의 축복이자 자부심이 되었다.

지금 나는 직장 다니는 며느리를 대신하여 집안 살림을 하고 아이들을 돌본다. 오래 전에 먼 길 가신 남편에 대한 그리움도, 지금의 좀 고달픈 현실도 우울해지지 않으려고 노력한다. 간혹 감기라도 오는 듯 몸이 무거우면 쌍화탕 한 병 따끈하게 데워 마시고 잠자리에 든다. 그러면 다음 날 거뜬하니 참 다행이다. 누구인들 힘들지 않은 사람이 어디 있으랴. 이 사바세계가 어차피 고해의 바다인 것을.

한번 돌아보고 덧없이 가는 것이 인생이다.
그러니 그 삶의 여울목에서 우리는 나름 뒤돌아보며 시간을 아끼고 사랑하고 베풀며 살아야 하지 않을까? 늘 베풀고 배려함에 인색하지 않으려고 노력한다. 나이든 사람답게, 나이든 사람들이 베풀어야 이웃이 훈훈하고 또 더 나아가 사회가 안정되는 것이라고 믿는다. 그게 내 인생 철학이다.

· · · 미움에 대한 예의

7학년이 되어 가는 즈음

칠십을 바라보는 나이에도 멋진 이성을 보면 가슴이 떨린다. 선천적으로 끼가 많은 모양이다. 가슴이 떨린다는 것이 부끄러워 가끔은 얼굴을 붉히기도 한다. 그러나 싫지 않은 감정이다. 외출을 하려면 곱게 화장도 하고 젊어 보이고 싶어 옷차림도 신경을 써 본다.

멋진 연애도 해 보고 싶다.

어린 나이에 연애 한 번 없이 부모님의 뜻에 순종하여 결혼을 했다. 칠 남매 맏며느리. 삶이 버거웠다. 두 아들 키우며 산전수전 공중전 지하전까지 치르며 숨 가쁘게 살아냈다. 옆지기가 하늘로 가신지 어느덧 산천이 두 번 변하는 세월이 흐르고 있다.

이제는 진정 나답게 살고 싶다.

가식을 훌훌 털고 푸른 하늘을 향해 힘껏 날갯짓을 하고 싶다. 나에게 눈빛이 다정한 그 사람 손을 꼭 잡고.

육우가(六友歌)

윤선도의 '오우가(五友歌)'를 모르는 사람은 없을 것이다. 나는 벗이 하나 더 있어 '육우가(六友歌)'를 부른다. 바로 주(酒)님이다.

술.

나의 가장 진실한 벗이다. 외로울 때, 삶이 버거워 지쳐갈 때, 삶과 죽음의 기로에서 갈등하며 울부짖을 때, 술은 나에게 진실한 벗이 되어 주었다. 한잔 술로 나를 위로하고 아우르며 버틸 수 있었다. 나는 혼자 술을 마실 때 가장 편안하고 좋다. 먹은 만큼 취해주니 거짓이 없어 좋다. 그 매력에 빠져 잠시나마 행복에 머문다. 지난 95년 출간한 첫 시집 『차라리 침묵하고』에 「애인」이라는 시가 있다.

내가 너를 사랑하는 것은 언제나 거짓 없이 전해주는 순수하고 깨

끗한 너의 진실함 때문이다 / 잔잔하고 투명한 너는 나의 마음을 사
로잡기에 충분하구나. // 영원한 나의 사랑 / 나의 애인이여 / 그대
이름은, 한잔의 술

내 인생의 한 단상이다.

자존심

어린 나이, 아무런 힘이 없으니 때리면 맞고 욕하면 듣고 그렇게 온갖 학대를 받으며 살았다. 억울했다. 어린 나이에 죽음을 생각해야 할 만큼 우울한 유년시절을 보냈던 나는 늘 홀로 울었다. 그러면서도 눈물로 얼룩진 얼굴을 다른 사람에게 보이고 싶지 않아 밝게 웃었다. 눈물을 보이기 싫은 것이다.

그게 자존심인지 뭔지는 모른다.
그냥 그렇게 살았다.

자존심은 깊은 속에 보이지 않는 또 다른 자신이다.
쓸데없는 고집이나 객기를 부리는 것은 결코 자존심이 아닌 것이다. 지나온 세월 가슴에 맺힌 그 한을 풀고 싶다. 처절하고 외로웠던 삶을 이제는 보듬어 안아 주고 싶다. 그게 내 자존심인 것 같

···미움에 대한 예의

다. 그리고 겪은 일들을 마치 남의 사연처럼 담담한 심정으로 말
하고 싶을 뿐이다. 그러면서도 초연한 척 해 본다.

🌿 어느 스님

"보살님, 웃지 마세요. 웃는 얼굴이 왠지 슬퍼 보입니다. 얼굴은 웃고 있는데 눈에는 눈물이 가득하네요."

저녁예불을 마치고 고즈넉하게 저물어가는 저녁하늘을 보며 한가롭게 산책을 하고 있었다. 그리고 우연히 어느 스님과 마주쳤다. 나는 합장을 하고 웃으며 가볍게 인사를 했다. 그런데 지나던 스님이 뜬금없이 나에게 그 한마디를 던졌다.
삼십대 중반쯤으로 보이는 눈빛이 맑고 깨끗한 모습이다.
순간 생각이 스쳤다. 어느 여인이 저런 아들을 출가시켰을까? 그때 그 어머니 심정은 어떠했을까? 아니, 어쩌면 그 어머니는 그때 이미 밤하늘 별이셨는지도 모르지. 순간이지만 싸한 바람이 가슴에 스쳤다.

그 한마디를 듣고 말없이 웃었다.

스님도 웃었다. 서로 더 이상 아무 말도 하지 않았다.

그 다음날

새벽 예불 때 스님은 보이지 않았다.

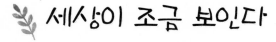# 세상이 조금 보인다

젊은 날 나름대로 뜨거운 열정으로 살았다. 밤잠을 설치며 고달 픈 나날을 살면서도 결코 웃는 얼굴을 잃지 않으려 애썼다. 왠지 웃음을 잃으면 모든 것을 다 잃을 것만 같았다. 그래서 늘 웃는 얼굴로 살았다.

청천하늘에서 날벼락도 맞아 봤다. 그러면서도 삶의 끈을 놓치지 않으려고 몸부림 쳤다. 그 덕분인가 이제야 세상이 조금 보인다.

살아온 삶을 뒤돌아보니 거기에는 비바람을 막아 나를 보호해 줄 담장이 없었다. 허허벌판에 홀로 서야 했던 나는 어쩔 수 없는 본 능으로 뿌리를 깊이 내려야만 했다. 어떻게든 살아야 했기에. 그 러나 나는 언제나 홀로였다. 그러면서도 나는 옳게 살려고 노력 했다. 그런데 그런 나의 그 옳다는 기준이 강압에 의해 무참히 무너져 내릴 때, 온갖 질시와 비난과 박해 속에서도 내가 옳다는 그것을 지키려 발버둥 쳤다.

분명히 내가 옳은데 나에게 돌이 날아왔다. 왜 나에게 돌이 날아올까? 그 의문은 내 인생 화두(話頭)가 되었다. 날아온 돌에 맞아 붉은 피를 흘렸고 그 아픔의 고통을 견뎌야 했다. 돌을 던진 그들이 미웠다. 그러나 지금 나는 누군가를 미워할 여력이 없다. 누군가를 미워할 그 힘을 내 인생 마무리에 기울여야 하기 때문이다.

이만큼 살고 보니 기력은 소진되어 가는데
눈은 밝아진 것이다.

빈자리

친구 남편이 하늘로 갔다.

장례식장에 멍하니 앉아 넋을 잃고 있던 친구의 얼굴이 어른거려 일손이 잡히지 않았다. 오래도록 나와 함께 봉사활동을 하던 친구다.

장례를 치르고 얼마 후 나는 그 친구를 위로하려고 만났다. 몰라보게 야윈 얼굴을 보니 마음이 짠하다.

손을 잡으려는데 오히려 내 손을 먼저 덥석 잡는다.

"그동안 그 많은 숱한 세월을 어떻게 살았어?"

"……."

우리는 말없이 서로 손을 잡고 뜨거운 눈물을 흘렸다.

남편의 빈자리가 어떤 것인지 이제야 알겠다며 오열한다. 어떻게

살았느냐고 묻는 친구의 말이 허공에 메아리처럼 맴돈다. 홀로 숨
쉬는 것조차 버거워 악으로 버티고 버티던 시간들. 그 친구가 묻
는다. 가슴 속에 무엇이 남아 있느냐고.

모든 것이 다 떠나버린 빈 들판, 그곳을 휩쓸고 가버린 황망한 바
람의 흔적만이 남아 있을 뿐이다. 쓸쓸히.

남겨진 자의 고통

남편이 하늘로 갔을 때 나는 마흔여덟.

만남도 헤어짐도 너무 잔인한 연(緣)이었기에 남겨진 나는 더 없는 죄인이 될 수밖에 없었다. 보통 사람들처럼 평범하게 사랑하고 살았다면 한(恨)이라도 덜 하련만, 보내는 사람도 가는 사람도 우리 부부는 처절하고 비통했다. 내가 안고 살아야 할 상처가 너무 크고 깊었다.

남편을 보낸 빈자리에 술을 맞았다.

그래. 그러자. 술이라도 끌어안고 나를 달래보자. 술을 주(酒)님이라 부르고 모진 시간을 견뎌내려는 가여운 내 영혼.

남편을 보낼 때 나는 남편만 보낸 것이 아니었다. 내 유일한 희망도 자존심도 모두 떠났다. 남은 것은 아무것도 없었다. 그저 숨을 쉬고 있지만 죽은 것과 다름없는 이 몸뚱이 하나였다. 그러니 술

••• 미움에 대한 예의

한 날들 울분을 삭히려 숨 죽여야 했다.

마음 둘 곳 없는 삭막한 세상, 오래 머물고 싶지 않은 세상

성직자도 아닌 내가 마치 성직자처럼 살아야 하다니. 그래도 세월은 흘러 이만큼 왔다. 참으로 다행이다. 이만큼 늙었음이 정말다행이다. 이제 조금만 더 기다리면 된다. 세월이 조금만 더 흐르면 그의 곁으로 가야지. 그리고 그를 만나 속죄해야지. 나만 살아있어 미안했다고. 그래야 빈자리가 없어지고 남겨진 자의 고통이 소멸될 테니.

🌿 그 여인

기도 도량 사찰에서 만난 그 여인은 눈이 붉게 충혈 되어 있었다. 며칠 동안 한 방을 쓰면서도 누구와도 도통 말이 없다. 그러던 그 여인이 어느 순간 마치 신들린 사람처럼 떨면서 나에게 말을 쏟아놓기 시작했다.

홀로 아들 하나를 키웠다고 했다.

유복자였다. 자신의 목숨 같은 아들을 키우느라 갖은 고생을 감수한 삶이었다. 온갖 고생 속에 질곡의 삶을 살아 낸 그 여인의 사연으로 내 가슴 한구석이 저며 왔다. 그 사연을 어찌 다 말로 할 수 있으리. 여인의 손을 잡아 주며 이야기를 다 들어주었다.

다행스럽게 아들이 잘 커주고 바라는 대로 성장하였다. 그리고 며느리를 맞았다. 며느리를 맞은 행복도 잠시, 결혼 후 아들의 태도가 조금씩 변하는 것이다. 그토록 잘 커 준 아들이었는데 말이다. 시간

···미움에 대한 예의

이 갈수록 서서히 사소한 듯한 간섭을 하더니 차츰 불만을 나타내기 시작하는 것이었다. 처음에는 대수롭지 않게 웃어 넘겼는데 갈수록 수위가 높아가는 것이다. 이상하다는 느낌이 들었다.

시간이 흐르며 알게 되었다. 며느리가 어머니와 아들 사이를 갈라놓는 이간질을 하고 있다는 것을. 아주 지능적으로 하는 영악한 며느리. 아들이 있는 자리에서는 아무렇지도 않게 웃으며 말하지만 아들이 없는 자리에서는 투명인간 취급을 한다. 그리고 불손하기 그지없고 사사건건 무시하는 태도가 보인다. 참으로 어이없는 일이 아닐 수 없는 것이다.
그 여인은 며느리에게 대화를 시도해 봤다고 했다. 무슨 운명인지 도저히 며느리와 대화가 안 되더라고 하며 하염없이 눈물 흘린다. 늙은 어머니는 그걸 뻔히 알면서도 아들에게 아무 내색도 하지 못한다. 차마 털어 놓을 수 없는 것이다. 아들을 목숨처럼 사랑하기에 그리고 이미 손주들이 있다. 자신이 물러나고 그들이 잘 살기를 바라는 것이다. 그게 어미의 마음이다.

핏빛으로 붉게 변한 그 여인의 눈을 잊지 못한다.
어찌 그 여인만 그러하리.

눈물

눈물은 마음의 샘물이다.

그러기에 눈물은 인간만이 갖고 있는 가장 아름다운 보석이며 삶의 에너지이다. 우리는 슬플 때만 눈물을 흘리는 것이 아니다. 아주 기쁠 때 벅차도록 감동 받았을 때도 우리는 눈물을 흘린다. 어째서 벅차도록 기쁨이 넘치고 행복하면 눈물이 날까?

사랑은 눈물의 씨앗이라고 했다. 단적으로 사랑에 대한 정의를 내릴 수는 없지만 눈물 없는 사랑은 존재하지 않는다. 기뻐도 슬퍼도 눈물이 흐른다. 누가 감히 사랑에 대한 정의를 내릴 수 있으리. 사랑은 소리 없는 감동으로 시작되어 가슴에 머문다. 감동이 없으면 눈물도 없다. 눈물이 없으면 사랑도 싹트지 못한다.

눈물은 마음의 샘물이기에. 그 샘물이 있어야 사랑을 싹 틔우고 감정이 피어나 행복이라는 꽃을 피울 수 있기 때문이다.

··· 미움에 대한 예의

진정 아름답고 화려한 꽃 한 송이.

그 내면에는 그만큼의 깊은 눈물이 담겨있으리라.

딸내미 타령

남편을 보내고 노후를 혼자 사는 여자에게 딸내미도 없다는 것은 좀 섭섭한 일이기도 하다.

난 아들만을 둘 낳아 길렀다. 두 아들 모두 결혼하여 손자 손녀가 다섯이다. 그 아이들 재롱을 보며 노년의 인생을 오색실로 수놓아 본다. 내 아들 며느리들에게 부탁하고 싶은 것이 있다. 아이들에게 좋은 엄마 아빠가 되어 달라는 것이다. 나도 누군가의 자식으로 태어나 그분의 자식으로 살았다. 지금은 내가 자식을 낳아 누군가의 부모로 살고 있다. 그리고 손자, 손녀들에게 할머니가 되어 살고 있다.

자식에게 좋은 부모가 되기 위한 정해진 규정은 없다. 인연이란 돌고 돌며 흘러가는 것이고 만남과 헤어짐도 역시 그러하리라. 내가 자식일 때는 자식의 도리를 다 하려고 노력했다. 이제는 부모가 되었으니 좋은 부모가 되려고 한다. 자식 노릇 제대로 못하면

부모 노릇도 제대로 못한다고 나는 생각한다. 좋은 인간관계 그
건 믿음과 배려, 사랑과 이해라고 믿는다.
효도하는 사람들. 참다운 삶을 살고 있는 고운 사람들에게서 풍
기는 향기라고 생각한다.

옆지기 없음은 쓸쓸함이고 딸내미 없음은 아쉬움이리.

깊은 그리움

저녁예불을 마치고 법당을 나서면 서쪽하늘 노을이 곱던 그곳, 바로 내가 머물던 작은 사찰 대암사. 달 아래 봉우리라는 뜻을 지닌 월봉산 중턱에 자리한 그곳에서 나는 삭발한 여승이었고 주지였다. 정통적인 절차로 불가에 출가한 것은 아니었지만, 삭발을 결심하게 된 동기는 무속인으로 보여지는 것이 싫었기 때문이었다.

막상 삭발을 하고 나니 너무 편했다. 내심 다시 머리를 기르고 싶지 않다는 생각을 했었다. 몸도 마음도 편안하고 안정이 되었다. 많은 사람들로부터 '법사님' 혹은 '주지스님'으로 호칭을 들으며 받던 대우는 내 일생 가장 행복했던 순간이었다. 그리고 지금도 깊은 그리움으로 남아 있다.

대암사에 들어가 앉기까지 참 힘든 삶을 살아 냈다. 무슨 전생의

··· 미움에 대한 예의

업보인지 어린 시절부터 몸도 마음도 너무나 고달픈 삶을 살았다. 그랬던 나에게 대암사에 들어간 후 생활이 안정되고 뭔가 해야 하는 희망으로 가득했다. 그리고 너무도 편안하였다. 내 생애에 가장 편안하고 행복했던 그 시절을 잊지 못한다.
짧았던 행복, 깊은 그리움이다.

뎅그렁
뎅그렁
풍경소리가 외롭다

저녁예불 마치고 법당을 나서니
서쪽 하늘 붉은 노을이 외롭고
멀리 보이는 화려한 불빛은
더욱 외롭다

사십 넘어 늦깎이 여승
잿빛승복 여민 가슴
숨겨진 속사(俗事)의 사연
잊으려
무명초를 버렸는가

머물지 않고 바람에 실려 떠나는
외로운 풍경소리
속세의 미련을 버린 여승 가슴 속을
풍경소리가 휘젓고 떠난다

🌿 인생의 양념

감사와 눈물, 그리고 웃음은 인생의 양념이다.

이 세 가지는 우리 삶을 풍요롭게 해 주는 절대적인 필수 양념이다. 어떤 음식도 양념이 빠지거나 부족하면 제 맛을 내지 못한다. 우리 삶도 그렇다. 감사를 잊으면 부정적인 사고를 하는 사람이 되고 그런 사람은 불만과 화를 안고 살게 되니 결국은 그 화로 인해 자신의 인생을 망칠 수도 있는 것이다.

'감사합니다'라고 하면서 찡그리고 화내는 사람은 없을 것이다. 감사는 감사를 낳고 더 나아가 행복과 보람을 낳는다. 종교에서도 범사에 감사하라는 가르침이 있다. 감사할 줄 모르는 사람은 울지도 웃지도 않는다. 그런 사람은 늘 남을 원망하고 탓하고 자기 발전도 못할 뿐만 아니라 자신의 숨겨진 능력도 찾지 못한다. 반대로 항상 감사하는 사람은 표정에서도 편안함과 밝은 행복함이 드러나고 자신의 능력을 발전시킨다. 그런 사람은 자신에게도 남에게도 에너지를 뿜어내고 모두에게 좋은 기운을 불어 넣는다.

눈물은 치료약이고 웃음은 보약이다. 맞는 말이다. 나는 울기도 잘하고 웃기도 잘한다. 감정이 풍부하여 눈물도 많고 넉넉한 마음처럼 웃음도 많은 사람이다. 하루를 살고 밤이 되면 우는 날이 많다. 힘들어서 울고 억울해서 울고 지금은 외로워서 운다. 울고 싶을 때 나는 지하철에서도 울고 일을 하다가도 운다. 그런 내가 지금 칠십을 바라보는 나이지만 고혈압, 당뇨, 고지혈 등 건강에 아무 이상이 없다.

요즘 세상이 어지럽다. 그 원인은 근본적으로 감사가 부재중이라서 일어나는 현상이다. 감사를 잊으면 우리 모두의 삶이 파괴될 수도 있다. 부모에게 감사하고 형제들에게 감사하고 친구 이웃에 감사하며 웃는 얼굴로 산다면 우리는 행복해질 수 있다.

매사에 감사하는 마음으로 슬플 때는 울고 기쁠 때는 웃고 그렇게 사는 것이 인생의 양념을 잘 쓰고 성공하는 인생이 될 것이다.

···미움에 대한 예의

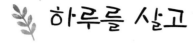 하루를 살고

일과를 마치고 잠자리에 누우면 더 없이 편안하다. 이런 편안함을 누릴 수 있다는 것이 무한히 감사하다.

그렇게 자리에 누우면 내 가슴에 있는 사람들이 생각난다. 명성황후와 유관순 열사다. 그 두 여인의 비극적 삶과 죽음은 내가 감옥생활을 하면서 내 가슴에 더 깊이 묻혔다.

근세기 우리나라 비운의 역사 앞에 무참하게 희생된 두 여인이다. 나도 억울한 누명으로 감옥을 갔다. 억울함을 당해보지 않은 사람은 모른다. 억울함이 얼마나 비참한지. 더욱이 나는 그곳에서 남편의 부음을 들어야 했다. 남편의 장례로 잠시 귀휴했다가 재수감 되었다. 그렇게 되어 내 출소일이 3월 1일로 변경된 것을 알았을 때, 문득 유관순 열사의 혼령이 나에게 환생한 것이 아닌가? 하는 불교 윤회사상(輪廻思想)이 떠올랐다. 그 후 생긴 버릇이다.

그들의 삶과 처절한 죽음. 그들을 가슴에 묻고 산다. 그러기에 하루를 마치면 두 여인의 영혼을 위로하며 마무리 한다. 연민과 분노를 함께 가슴에 묻는다.

나는 내 사연을 소설로 풀어내며 한을 달래려고 애를 썼다. 그러나 어떻게 해도 그 한은 결코 풀리지 않는다. 그러기에 끝없이 쓰고 또 쓰고 마치 누에가 실을 뽑아내듯, 내 속에 있는 뭔가를 토해내려는 몸짓으로 이렇게 글을 쓴다.

백마

2000년 2월 16일 – 백마. 나의 백마가 나왔다. 정말 다행이다. 드디어 엄마를 모셔올 내 백마가 나온 것이다. 내가 처음 사는 내 차다. 엄마를 모셔오기 위해 이 차를 준비한다. 비록 엄마가 감옥에서 나오지만 우리 엄마는 특별한 엄마다. 그래서 차를 신청할 때 반드시 흰색이어야 한다고 했다.

대전국립호텔(?)에서 나와 더 없이 쓸쓸하고 암울한 날을 보내고 있던 때었다. 모든 것을 다 잃고 허전하기 짝이 없는 막막한 하루하루를 살고 있었다. 숨을 쉬고 있다는 것조차도 부담스럽고 치사할 만큼 참담한 날들이었다. 원룸 같은 10평짜리 아파트. 방에 싱글침대를 두 개 놓고 두 아들이 자고 나는 싱크대 밑에서 새우잠을 자야 하는 좁은 공간이었다. 어느 날, 침대 밑을 청소하는데 노트 한 권이 손에 잡혔다. 무심코 펼쳐보니 작은 녀석 일기장인 듯

했다. 순간적으로 덮으려는데 백마라는 글이 눈에 띄었다. 백마?

지금은 결혼하여 세 아이의 아빠가 되어 있는 내 작은 아들 일기장의 한 페이지다.
그 때 대학 2학년의 작은 녀석은 갑자기 닥친 집안의 불행 앞에 학교를 휴학하고 직장에 다니고 있었다. 그렇게 해서 형을 졸업시키고 만기 출소하는 엄마를 위해 작은 승용차를 준비한 것이다.
숨이 막혔다.
그 해 나는 3월 1일 출소했다. 흰색 베르나, 그 백마를 타고.

🌿 그 앞에서

조금은 초조하고 불안한 마음으로 그 앞에 앉았는데 그가 각종 검사 결과들을 한참 살펴본 후 가볍게 말을 한다.

"에구, 그동안 고생하셨지요? 이거 수술하면 괜찮은 거예요. 걱정 안 하셔도 돼요. 수술 날짜 잡아서 수술해 드릴게요."

순간 그 말에 뭔지 모를 서러움이 울컥 올라온다.

늙으면 그렇게 소 대변이 불편해지는 것이려니 하고 대략 5~6년 정도를 그냥 참고 살았다. 그런데 갈수록 심해지는 고통을 견딜 수가 없었다. 손자 손녀들이 많으니 우리 집 주치의 같은 가정의학과 원장님과 가깝게 지내고 있다. 그런데 그분도 시인이고 나와 같은 문인이고 보니 내 개인 그런 고충을 털어놓고 말하기가 민망해서 차마 못했다.

급기야 참기 힘든 지경에 이르러서야 할 수 없이 집 근처 다른 병원을 찾아 상담을 했다. 대뜸 큰 병원으로 가란다. 뭔가 잘못 되어 있었구나 하는 생각에 덜컥 겁이 났다. 마음을 가다듬고 할 수 없이 그 원장님을 찾았다. 내 설명을 듣고 질책을 하면서도 진료 의뢰서와 큰 병원 예약까지 다 해준다.

그렇게 해서 분당 S대병원에서 진료상담과 각종검사 등을 끝내고 마침내 그 앞에 앉은 것이다. 그의 다정한 말 한마디에 참고 참았던 긴 고통의 서러움인지 눈물이 하염없이 흐른다. 긴 세월 홀로 견뎌온 서러움이리라. 그 앞에서.

· · · 미움에 대한 예의

홀로 살기, 이제는

모든 것을 혼자 한다.

오래도록 혼자 하는 것에 익숙해지다 보니 무슨 일이건 혼자 하는 것이 편하다. 지금도 그렇다. 그러나 나이든 탓인지 이제는 외로움을 느끼기도 한다. 그리고 때로는 그 외로움이 서럽기도 하다. 얼마 전 큰 수술을 받았는데 5인실에서 남편의 간병을 받지 못하는 사람은 나뿐이었다. 솔직히 부러웠다. 아파서 병원을 다니는 것도 어쩌다 여행을 해도 홀로 한다. 술도 혼자 마신다. 혼술이다.

재혼. 간혹 주변에서 재혼을 권한다. 그래서 생각해 봤다. 진실하게 깊이 생각해 봤다. 그런데 이제는 혼자 사는 것에 너무 익숙해져 있어서 누군가와 함께 한다는 것이 오히려 두렵다. 혹시라도 서로 맞지 않는 이견이 있다면 그것을 어떻게 할지. 난감한 생각이 든다. 그토록 자신이 없는 것이다.

결혼을 하고서도 나는 마치 수도승처럼 살아야 했던 나였다. 그런 서러운 생활을 견디다 못해 결국 40대 중반에 삭발을 했고 몇 년 후 남편을 하늘로 보냈다.

그러나 아무리 정이 없다고 해도 누군가가 옆에 있다면 형식이나마 보장될 것이다. 그럼에도 강산이 두 번이나 변하도록 나는 아직 홀로 살기를 하고 있다. 그런 나로서는 보장되지 않은 불확실한 변화는 두렵고 불안한 것이다.

그러니 이제는 편안함에 안주하고 싶은 것이 솔직한 심정이다.

· · · 미움에 대한 예의

평범한 진리

여자로 태어나 결혼을 하고 자식을 낳았다면 그 자식을 바르게 훌륭한 인물로 키우는 일, 그것이야말로 진정 보람된 일이리라. 자식교육은 무조건 잘 먹이고 잘 입히는 것만이 능사가 아니다. 사람은 온실 속의 화초가 아니다. 올바른 인격을 갖추도록 엄마가 행동으로 보여주어야 한다. 동물은 잘 먹이기만 하면 된다. 그러나 사람은 소양과 인격을 바르게 갖춰야 한다. 그것은 말로 하는 것이 아니다. 언행으로 느껴지도록 보여줘야 한다.

자식이 성공하지 못하는 것도 또 범죄자로 만드는 것도 모두 엄마의 영향이 있다고 볼 수도 있다. 자식의 마음에 미움을 심어주면 그 미움의 싹이 자라 바른 삶을 살기 어렵고 혹은 범죄자가 될 수 있기 때문이다. 마음속에 누군가를 미워해서 증오하면 그게 바로 범죄의 씨앗을 심어주는 결과가 될 수도 있는 것이다. 그러니 사랑하고 배려하며 이해하는 사람이 될 수 있도록 키워야 한다.

초등학교 다니는 손녀 친구들에게 가끔 저녁을 먹인다. 내가 손녀에게 해줄 수 있는 것 중에 가장 즐거운 일이다. 그 아이들이 훗날 나라의 동량이 되길 기원하면서 말이다. 나에게는 요리하는 순간이 바로 기도하는 시간이고 힘들 때 바로 이것이 기도라고 생각한다. 내 가족들은 물론 주변사람들에게도 내가 만든 음식을 먹게 하니 기쁘고 즐겁다.

음식을 하면서 좋은 마음으로 해야 하는 것은 기본이지만 더 중요한 것은 가능하면 양념을 진하게 쓰지 않아야 한다. 양념이 진하면 탐심(쓸데없는 욕심), 진심(화내는 마음), 치심(어리석은 마음)을 돕는다고 해서 불교에서 금기로 한다. 또한 기름에 튀기는 음식이나 기름진 음식 등으로 영양을 과잉섭취 하도록 하면 오히려 건강을 해칠 수도 있으니 고려해야 할 문제다.

가족들의 건강을 지키기 위해 노력하는 그것, 평범한 듯하지만 그것이 진정 여자가 할 수 있는 애국의 길인 것 같다.

그 여자

소피아 로렌을 우상처럼 좋아하고
투명한 소주를 앤이라
칭하는 여자

흐른 세월의 계급장을 빛나게 달고도
씩씩하고 당당하게 청바지에 쫄티를 입고
젊은이들에게 58년 개띠라고
빡빡 우기는 여자

감정이 풍부하여 눈물도 많고
넉넉한 마음처럼 웃음도 많은

그녀가 외로우면 홀로 달려가는 속초의 대포항

왜 그곳에 가느냐고 물었더니
그곳엔 젊고 힘센 젊은 사내들이 많다나?

사실은 삶의 허상을 지우고 싶어 가면서도,
그리고 심장을 꺼내 그 차가운 동해바다에 던져버리고 싶으면서
도…….

능청스러운 얼굴로 가끔은 그런 젊은 사내가 그립다나?

가난한 우리들에게
진실의 미소를 보여주는 작은 영웅 같은 그 여자. 그러나
정작 자신의 가슴에 묻혀있는 아픔을 이기지 못해
어쩌다가는 끼억, 끼억 슬픔을
토하는 여자

그 여자

나의 방황

나는 무당이다.
아마추어 무당이 아닌
프로 무당이다.

내가 글을 쓰고 강의를 하는 것은
고차원의 굿을 하는 것이다.
그것은
나만의 법이며
나만의 몸짓이다.

無에서 有를 창조한다는 것
그것은
지독한 외로움이다.
무당은 굿을 한다.
Good!

2부

여로(旅路)

무슨 까닭이었을까?

머나먼 길
돌고 돌아야 했던
그 숨겨진 연(緣)의 고리는
무엇이었을까?

골 깊은 질곡의 늪이여
아물지 못할
상처 같은 사연의 조각들이여
말 못하는
말할 수 없는
언어가 끊어진 자리

소리 없는 눈물만이
소리 없는 눈물만이
하염없이 흐르네

엄마

어릴 때 옆집 친구가 "엄마" 하고 부르는 소리를 들으면 그게 그토록 부러웠다. 나도 그렇게 엄마를 편안하게 불러 보고 싶은 마음이 간절했다. 나는 엄마가 늘 무서웠다. 별스럽지 않은 일에도 마구 때리고 입에 담지 못할 욕설을 했다. 나에게 엄마는 공포의 대상이었다.

초등학교 2~3학년쯤으로 기억한다.

어느 날, 수업시간에 담임 선생님이 세상에서 가장 무서운 것이 뭐냐고 물으셨다. 그 질문에 우리 반 친구들은 귀신, 도깨비, 대포 등등 대답이 분분했다. 나는 아무 말 없이 있었다. 그러자 평소 대답 잘하고 말 잘하던 내가 아무 말 없이 앉아 있는 것이 의아하신지 물으셨다.

"경숙아, 너는 세상에서 뭐가 제일 무서워?"

"……."

"우리 엄마요."

순간 갑자기 조용해진 교실.

그리고 놀라움과 충격의 얼굴로 나를 바라보시던 선생님의 그 눈
빛을 나는 지금도 기억하고 있다.

🌿 그때 그 사연

초등학교 3학년 어느 날.

수업 중인데 교실 밖에 아버지가 언 듯 보였다. 담임선생님이 잠시 나갔다 들어오시더니 나에게 가방을 챙겨 집으로 가라고 하셨다. 무슨 영문인지도 모르고 집에 왔다. 집에 오니 여동생이 보이지 않고 엄마가 동생의 이불을 끌어안고 통곡을 하고 있었다. 동생의 이름을 부르며.

"엄마 젖 먹어야지……. 어디 갔니?"

겨우 열 살 된 나는 죽음이 뭔지 어떤 상황인지 그저 당황스럽고 두려울 뿐이었다. 그날 이후 아버지는 간혹 집을 비우기도 했다. 집안 분위기가 그리 되니 나는 학교에 못 가는 날이 잦았다. 어떤 날은 한밤중에 엄마가 통곡하는 소리에 잠이 깨기도 하고 또 어떤 날은 새벽부터 엄마의 울음소리를 들어야 했다. 누워있는 엄마와 어린 동생들 때문에 나는 학교에 갈 수가 없는 것이다. 고사리 같은 작은 손으로 서투른 밥을 짓고 어수선한 집안일을 해야 했다. 썰렁한 부엌. 무섭도록 커다란 아궁이에 불을 붙이는데 그게 잘 될 리가 없었다. 서툴고 어설픈 부엌일을 두려움으로 시작하였다. 그러나 밥을 제대로 못했다고 맞고, 이유같지 않은 이유로 매를 맞으며 몸과 마음에 멍이 들어갔다. 뭔가 잘못해서가 아니라 엄마 화풀이 대상이 된 것이다. 열 살 나이에.

🌿 그냥 포기한 것이 아니다

지금도 기억이 생생하다.

1967년 12월 23일 새벽 3시 즈음.

내 품에서 세 살 된 남동생이 숨을 거두었다.

그날은 내가 중학교 3학년 겨울방학 종업식 날이었다.

보름 정도 앓던 남동생이 갑자기 숨을 거두려고 하자 엄마는 정신을 잃었다. 그 상황에서 내가 얼떨결에 동생을 안게 되었다. 아버지와 이웃 아주머니들은 정신을 잃고 혼절한 엄마에게 신경을 쓰느라 모두들 우왕좌왕 하고 있었다.

동생은 온몸을 몹시 떨고 있었다. 그런 동생을 안고 있는데 나도 온몸에 소름이 돋고 뭔지 모를 두려움에 휩싸였다. 나는 너무 무서웠다. 그리고 얼마간 시간이 흘렀다. 동생은 심했던 경련을 멈추고 눈을 몇 번 부릅뜨더니 부르르 떨며 조용히 눈을 감았다. 숨

··· 미움에 대한 예의

을 거둔 것이다. 마치 깊은 잠이 든 것처럼 눈을 감은 동생의 얼굴은 편안하고 고요했다. 순간 나는 뭔지 모를 무너지는 듯 하는 무거운 느낌이 가슴에 전해오며 울컥해졌다.

그렇게 숨을 거둔 동생을 나는 한참 동안이나 안고 있었다. 단 3년을 살다 가는 동생이었다. 나도 마음은 평온해지는데 뭔가 가슴이 뭉클해지며 조금 전 무섭고 두려웠던 감정들이 사라졌다. 내가 처음 본 죽음이었다.

얼마 후 이웃 아주머니가 내가 있는 방으로 들어오시다 나를 보고 흠칫 놀란다. 그러고는 동생을 빼앗다시피 안고 가서는 방바닥에 지폐 몇 장을 놓고 그 돈 위에 동생 머리를 놓으며 눕혔다. 그러면서 나에게 밖으로 나가라는 손짓을 했다.

마당으로 나오니 함박눈이 내리고 있었다.

펑펑 눈 내리는 하늘을 향해 얼굴을 들고 있는데 눈송이가 내 얼굴에 닿자마자 금방 금방 녹는다. 내 얼굴이 뜨거웠던 모양이다. 삶이 허무하구나. 나도 언젠가는 저렇게 숨을 거두고 죽겠지. 뜨거운 눈물이 주르르 흘렀다. 갑자기 모든 것이 너무 허망했다. 얼굴에 닿자마자 녹아 버리는 눈처럼 인생도 허무할 거라는 생각이 들었다.

생각이 거기에 머물자, 얼마 전까지 엄마와 심하게 다투던 내 진학문제가 떠올랐다. 여자는 중학교까지만 배우면 충분하다며 음식과 살림하는 것을 배워야 한다고 매질을 하던 엄마였다. 늘 강하고 포악할 정도로 나에게 무섭게 하던 엄마가 동생의 죽음 앞에서 혼절을 한 것이다. 그러던 엄마였지만 나중에 두 여동생은 대학까지 공부시켰다.

그날 밤, 내 일기장에 글을 썼다.
남동생이 죽었다. 참으로 잘 생긴 아이였는데, 슬프다. 우리 삶에 이렇게 죽음이 있구나. 인생 참 허망한 것 같다. 동생은 아들이라 그냥 살아만 있으면 온갖 호강을 다 할 텐데 어째서 죽었을까? 나는 딸이라고 사람 취급도 못 받고 온갖 구박만 받아야 하는데 여자로 태어난 것이 참 억울하다. 차라리 나도 동생처럼 죽었으면 좋겠다. 죽으면 모든 것이 다 끝인 것 같다. 펄펄 내리는 눈이 내 얼굴에서 금방 녹듯이 그리도 허망한 것이구나. 하늘에 떠 있는 뜬 구름처럼 허무한 서글픈 인생이구나.
그런 글을 쓰는데 아무래도 고등학교를 포기해야 할 것 같은 예감이 들었다. 그러나 그 당시 나는 고등학교 진학을 포기하느니 차라리 죽는 것이 더 나을 것 같았다. 그토록 포기하기 싫었다. 정말 싫었다. 일기를 쓰며 하염없이 울었다. 동생의 죽음과 함께 내가 그토록 갈망하던 여고생이 되는 그 꿈을 버려야 할 것 같다는 현실이 너무 슬펐다.

그렇게 남동생의 죽음은 나로 하여금 고교진학을 포기하게 했다.
가슴에 꿈이 가득했던 어린 소녀가 그토록 이루고 싶었던 소중한
것을 놓아야 하는 고통을 겪어야 했다. 열여섯 살에.

🌿 내 인생의 여로 · I

한글을 익히고 난 후부터 나는 눈에 띄는 책은 무조건 읽었다. 고등학교에 진학하지 못한 나는 마치 책벌레처럼 장르를 가리지 않고 시, 소설, 수필 등 심지어 신문이나 잡지도 눈에 보이면 무조건 읽었다. 그렇게 읽는 것이 유일한 즐거움이 되었고 잔잔한 글과 일기를 쓰며 글 쓰는 재미도 갖게 되었다.

오래 전, 내가 어렸을 적엔 밤에 책을 읽으려면 조그만 사기등잔에 기름을 가득 넣어 어른들 몰래 내 방에 갖다 놓아야 했다. 그래야 밤에 책을 읽을 수 있었다. 고달픈 하루를 보내고 내 방에 들어가면 등잔에 불을 붙여 책상 밑에 넣고 큰 담요로 책상 전체를 덮었다. 밖에서 불빛이 보이지 않게. 그런 후에야 그 속에 얼굴을 묻고 책을 읽었다. 날이 하얗게 새는 줄 모르고 새벽까지 읽은 적도 있었다. 아침에 세수를 하면 콧구멍에서 시커먼 코가 나

···미움에 대한 예의

왔다. 그을음 때문이었다. 그렇게 책 읽는 재미로 그 고된 일상을 견딘 것 같다.

새로 읽을 책이 없으면 읽은 책을 다시 읽고 또 읽고 반복해서 읽었다. 그렇게 읽은 책을 또 읽게 되니 다시 읽을 때마다 느낌이 다르다는 것을 알게 되었다. 어떤 책이든 한 번 읽고 그 책의 깊이를 알게 되는 것이 아니라는 것을 알게 된 것이다. 모든 것이 어려웠던 시절 전기 불은 고사하고 등잔불도 밤에 오래 켜 놓으면 어른들에게 야단을 맞았다. 그때 그 시절은 그랬다.

결혼 후에도 책 읽는 습관은 여전했다.

식탁 옆에는 장식장이 아닌 책장을 놓았고 식탁에도 늘 필기도구와 책들이 놓여 있었다. 가끔 서점에 나가 책을 사는 재미도 있었다. 그리고 음악을 들으며 책을 읽고 글을 쓰기도 했다. 신문과 잡지는 읽는 것에 그치지 않고 좋은 글귀를 메모도 하고 스크랩도 해 놓았다. 그 옛날의 빛바랜 스크랩들과 그때 써 놓은 일기를 지금도 간직하고 있다.

내 인생의 발자취다. 그렇게 다양한 독서는 나로 하여금 폭넓은 세상을 알게 하였고 지금도 각기 다른 계층의 사람들과 대화도 걸림 없고 누구와 만나도 풍부한 화제로 대화를 할 수 있게 된 것 같다.

엄마의 그런 분위기 때문인지 당연히 아이들도 그림책이며 동화책을 자연스럽게 읽으며 생활하였다. 차분히 공부하는 분위가 된 것이다.

고등학교 다니고 있던 작은녀석이 어느 날 뜻밖의 말을 했다.

"엄마, 나는 다른 엄마들도 엄마들은 모두 다 엄마 같은 줄 알았어. …… 그런데 친구 집에 갔는데, 글쎄 친구 엄마가 사람들이랑 모여 집안에서 화투를 치면서 시끄럽게 떠들고 자장면을 시켜먹고 있더라구……."

작은녀석은 늘 책을 보며 글을 쓰고 야간 학교를 다니고 봉사활동을 하는 엄마를 봐 왔기에 그런 모습이 충격적으로 보였던 모양이었다.

아이들이 중, 고교를 다닐 즈음 나는 여러 분야에서 자원봉사활동을 하면서 늦은 공부를 적극적으로 시작했다. 어린 시절 못한 공부에 대한 콤플렉스를 극복하기 위함이었다. 불교기초교리, 선학(禪學)대학, 카운슬러 교양대학 같은 단기코스를 마치고 야간 불교대학에 다니며 불교 공부에 몰입했다. 그리고 몇 년의 세월이 흘러 드디어 동국대학교 불교대학원에 들어 갈 수 있었다.

십여 년 긴 세월을 야간으로 공부하느라 하루하루가 어찌 가는지 몰랐다.

집안 살림을 하며 야간으로 공부를 한다는 것이 얼마나 어려운 일인지 정말 힘든 날들이었다. 그때 경제적 여건도 열악하여 틈틈이 아르바이트를 해서 학비를 마련했다. 그러면서도 봉사활동은 꾸준히 계속했다. 하루 봉사를 마치고 집에 돌아와 저녁을 준비하고 아이들과 식사를 하며 봉사활동에서 느낀 것을 중심으로 자연스럽게 대화를 나누곤 했다.

그래서일까?

큰녀석이 군 생활을 마치고 제대를 할 때 가져온 개인물품 중에 유난히 편지가 많은 것을 보고 의아하게 생각하며 연애편지인가? 생각했다. 그런데 알고 보니 입대 전 큰녀석이 대학에 다니면서 어느 야간학교에서 봉사활동을 한 것이었다. 그때 아들에게서 배운 학생들이 군에 있는 아들에게 보낸 편지들이었다. 우리 큰아들을 선생님이라고 부르며 보낸 그 편지들을 보니 가슴이 뭉클하게 벅차오고 감동이 왔다. 내 아들이 참으로, 참으로 기특해 보였다. 장한 내 아들들.

내 인생의 여로 · 2

나의 결혼은 잘못된 것이었다.

그렇다고 결혼한 것을 후회한다는 뜻은 아니다. 열심히 살았고 견뎌냈으니 결코 후회하지는 않으리라. 그러나 잘못된 것은 사실이다.

엄마한테 사랑 받지 못하며 자랐다.

사랑은 고사하고 매를 맞으며 일만 모질게 했다. 어린 나이에 손발이 부르트고 동상에 걸려 손가락 하나가 썩어 손톱 옆을 도려내는 일도 있었다. 지금도 맨 얼굴이 붉다. 어릴 때 추운 밖에서 늘 볼이 얼어 있었기 때문이라고 한의사가 말한다. 철없던 때니 뭔가 잘못한 것이 있을 수도 있었겠지만 잘못한 것이 없는 것 같은데도 맞았다. 그럴 때면 나는 악에 받쳐 내가 무엇을 잘못했느냐고 따지고 대들다가 더 맞았다.

· · · 미움에 대한 예의

나의 유년시절은 그렇게 고통스러웠다. 어떤 희망도 없었다. 고된 가사에 엄마의 폭언과 매질은 견딜 수가 없었다. 그 고통을 벗어나고 싶었다. 이미 어린 두 동생의 죽음을 봤다. 그래서인지 죽음에 대한 유혹을 강하게 느꼈다. 어린 나이에도 그런 생각에 빠져있던 나는 결국 죽음을 택하고 자살을 기도하였다.

자살은 미수로 끝났지만 그 충격 때문인지 엄마는 나를 많지 않은 나이에도 불구하고 시집을 보내겠다고 했다. 나도 그런 환경을 벗어나고 싶었다. 그리고 그것은 결혼이라고 생각하게 되었다. 다른 선택의 여지가 없었다. 결국 내 결혼은 그렇게 나의 자살미수 사건에서 비롯된 것이었다.

중매가 들어왔다.

나는 배움도 없고 내 세울 것이 아무 것도 없었지만 혼담은 보편적으로 좋은 곳에서 들어왔다. 몇 곳에 이야기가 있던 중 남편은 서울에서 D대학을 나오고 중학교 교직에 있다가 대기업에 입사한 사람이었다. 집안 형편이 어렵고 나이가 많았던 그와의 결혼은 양가부모님들에 의해 급속도로 진행되었다. 그러나 정작 나는 그와 제대로 데이트 한번 없었다. 나는 남편의 적합한 결혼상대가 아니었으리라. 중학교만 나오고 집에서 가사일과 농사일을 하는 시골뜨기였으니. 어쨌든 두 사람은 양가 어른들의 뜻에 따랐다.

그렇게 결혼을 했다.

그런데 남편은 나에게 다정하지 않았다. 처음에는 연애가 아닌 중매결혼이니 살다 보면 좋아질 것이라고 생각하며 최선을 다 했다. 정말 온갖 정성을 다 했다. 하지만 시간이 흘러도 여전히 남편은 냉정했다. 그리고 알게 되었다. 남편에게 사랑하는 여자가 있었다는 것을. 그러나 불행하게도 그 여인은 시어머니 될 분의 눈에 들지 못했다. 칠 남매의 장남인 남편은 천륜을 끊겠다며 그 여인과의 결혼을 반대하는 어머니를 설득하지 못한 것이다.

그렇게 남편은 자신이 사랑하는 여자를 떠나보내고 마지못해 나와 결혼을 하게 된 것이었다. 결코 나쁜 사람은 아니었다. 학문도 인격도 모두 갖춘 훌륭한 사람이었는데 그렇게 결정된 결혼에 대해 그 사람 심정은 어땠을까.

그런 상황을 알게 된 나는 내 운명이 저주스러워 견딜 수가 없었다. 나도 내 결혼이 어쩔 수 없는 현실도피로 선택하게 된 것이었는데 남편도 그런 사연을 안고 나와 결혼한 것이다. 그런 사실을 알게 되자 마치 허공에 떠도는 것 같은 허무함으로 몹시 혼란스러웠다. 나도 남편도 모두 애처로웠다. 그래서 남편을 설득했다. 과거는 과거일 뿐이니 흘려보내고 우리도 평범한 사람들처럼 사랑하며 살자고 호소했다. 간절히 애원했다. 그러나 남편은 마음을 열지 못하고 나의 어떤 노력과 정성에도 정을 주지 못하는 것이었다. 그런 남편을 바라보는 나는 참으로 쓸쓸하고 외로움에 지쳐갈 수밖에 없었다.

내 결혼생활은 그렇게, 그렇게 시작되었다.
그런데 날이 가면 갈수록 상황은 더욱 심각해져 갔다. 생활비를 제대로 주지 않는 것이다. 말 못할 고통이었다. 연애는 생각도 못 해본 나는 신혼생활을 마치 연애하는 것 같은 마음으로 시작하려고 했었지만 그 꿈은 산산이 부서져 사라졌다. 새색시라는 호칭이 무색하게 셋방살이 하는 주인집의 빨래와 청소를 해주고 행사가 있는 이웃집에 음식을 해주며 생활비를 충당했다. 나의 신혼생활은 그렇게 허망했다.

아들 둘을 낳았지만 사는 것이 막막했다. 어린 두 아들을 품에 안고 소리 없는 오열을 수 없이 했다. 결혼을 반대한 어머니에 대한 원망과 분풀이를 고스란히 내가 당하는 것이었다. 집안의 맏며느리이니 크고 작은 집안일에 돈을 써야 하는데 제대로 주지 않으니 참으로 고통스러웠다. 그러니 돈을 벌어야 했다. 남의 집 일은 기본이고 보따리 장사며 식당 일등 돈이 되는 일이라면 뭐든지 해야 했다. 심지어 밀수품도 팔러 다니는 위험과 고달픔을 감수하면서도 돈을 벌어야 했다.

훗날, 남편은 나에게는 생활비도 제대로 주지 않고 모아 두었던 돈을 사업에 투자했지만 실패하여 전 재산은 다 날아갔다. 사업 실패라는 것이 어떤 것인지 당해보지 않은 사람을 모를 것이다. 집안의 가재도구까지 없어지는 비참함이다. 그렇게도 아끼던 피아노가 실려 나갈 때 나는 피를 토하는 듯 했다. 그렇게 나는 남편의 돈을 한 푼도 제대로 써 보지 못한 채 끝났다. 사업에 실패하자 남편은 자포자기에 이르렀다. 그러나 나는 두 아들 때문에 악착같이 살아야 했다.
그래서 요식업에 뛰어 들었다. 김치에 자신이 있던 나는 족발 전문 골목에서 족발과 보쌈을 함께 했다. 처음에는 조금 어려웠지만 차츰 시간이 가면서 운영이 잘 되었다. 그러나 시댁식구들이 못마땅하게 여기고 특히 엘리트 의식이 강했던 남편이 괴로워했다. 어느 정도 경제적으로 안정이 되었을 때, 남편을 위해 8년여 만에 식당을 정리했다. 표현할 수 없는 절절한 아쉬움을 가슴에 묻고.

그토록 힘들게 번 내 돈. 내 뼈가 녹을 만큼 힘들게 번 돈. 그 돈을 남편 사업자금으로 내 줬다. 힘든 결정이었다. 그렇게라도 하면 남편에게 사랑 받고 인정받고 평범한 가정을 이룰 수 있으리라 하는 기대와 희망으로 돈을 내주었다. 서울 신촌 가구거리에 고급 원목 가구점을 개업했지만 남편은 불과 3년 만에 투자한 돈 억대가 다 되는 거액을 고스란히 날리고 말았다. 그리고 설상가상으로 오히려 남편과의 사이는 점점 더 나빠져 갔다.

다시 분식집을 열었다. 대학교 앞 지하 분식집으로 생활을 안정시켰지만 심신이 너무 힘들었다. 그런 저런 과정을 겪으며 나는 종교에 더욱 관심을 갖기 시작했다. 그리고 가끔 사찰을 찾아가 머물고 그런 과정에서 나는 너무나 자연스럽게 종교에 깊이 빠지게 된 것이다. 겉으로는 웃으며 열심히 살았지만 내면의 고뇌와 갈등은 더 없이 깊어만 갔다.

어린 나이에 엄마의 매질과 학대에 떨었고, 결혼 후에는 남편의 냉대를 받았고 게다가 시누이들의 극단적인 폭언과 괴롭힘을 겪으며 경제적 어려움까지 감당해야 했다.

그렇게 내 인생의 여정은 파란만장한 고난의 길이었다. 고통스러움 그 자체였다. 그러나 나는 두 아들을 낳은 어미다. 두 아들을 키워내기 위해 눈물을 삼키며 이를 악물고 모질게 버틴 것이다.

침묵하고 고독을 벗하며 글을 썼다.

문학인지 뭔지 난 모른다. 남을 위한 글도 아니다. 오직 나 자신

을 위로하기 위해 글을 썼다. 그리고 내 삶을 여기까지 이끌고 온
것이다. 차라리 침묵하면서.

••• 미움에 대한 예의

나의 시어머니

엄마와 남편 그리고 시누이들로부터 심한 곤욕을 치르며 살아온 나는 무슨 가혹한 운명인지 손아랫사람들에게서도 여러 번 모멸을 당했다.

거친 말은 물론 상스러운 욕설을 듣기도 했다. 그렇다고 내가 그들에게 그런 대우를 받을 만한 나쁜 짓을 했느냐? 아무리 생각해도 그건 아닌 것 같다.

윗사람인 나에게 욕을 하고 상소리를 해 대는 그들이 불쌍했다. 그들 스스로 훗날, 그 죄업을 어찌 감당하려는지 측은했다. 그들이 아무리 그런다 해도 나는 단 한 번도 그들과 같은 수준으로 대응하지 않았다. 대응할 가치를 느끼지 않았다. 왜냐하면 그 업은 반드시 그들 스스로 받을 것이라고 믿기 때문이다.

한번은 손아랫사람이 나에게 입에 담기도 어려운 욕설을 해댔다. 가슴 속에서 울분이 치밀어 올라 왔지만 나는 참았다. 아주 겨우 참고 있지만 가슴에서 치밀어 오르는 분노를 참기 힘들었다. 그런데 나도 모르게 순간적으로 나는 모든 것을 체념한 듯 그에게 절을 했다. 세 번이나.

그 장면을 시어머니가 기막힌 표정으로 보고 계셨다. 그러던 시어머니는 내 손을 잡고 동네 주막집으로 가셨다. 고추장으로 버무린 돼지고기와 막걸리를 시키셨다. 시어머니와 며느리가 술잔을 놓고 마주앉은 것이다. 그때 내 심정은 망망대해에서 표류하는 조각배 같았다. 나의 손을 잡고 눈물을 흘리시며 며느리의 술잔에 술을 따라 주시는 시어머니.

"미안하다. 내가 죄가 많아서구나."

🌿 푼수 엄마

오래 전 이야기다.

작은녀석을 품에 안고 젓을 먹이고 있었다. 그런데 나도 모르게 눈물을 흘리고 있었나 보다. 네 살 배기 큰녀석이 수건을 들고 와서는 눈물이 그렁그렁한 얼굴로 내 눈물을 닦아 주며 말한다.

"엄마, 울지 마. 내가 빨리 커서 고모들 다 죽일게."

순간 정신이 번쩍 들었다. 이게 아닌데. 뭔가 잘못되었구나. 어린 아이가 그 광경들을 본 것이다. 고모가 엄마에게 입에 담지 못할 욕설을 퍼부으며 악쓰던 그 순간을. 그런 참담함을 당할 때마다 나는 그냥 울기만 했다. 바보처럼.

아! 이런…….

나는 마음을 가다듬었다. 내 목숨보다 더 귀한 내 아들이다. 그 아이의 마음속에 미움과 증오의 씨앗을 심어 줄 수는 없다. 그 씨앗은 무서운 범죄의 씨앗이 될 수도 있기 때문이다.

그후, 나는 시누이들에게 무조건 웃었다. 욕을 해도 웃었다. 이래
도 저래도 히히. 시키는 일도 다 했다. 그들은 나를 집안의 하인
쯤으로 여기는 것 같았다. 그러나 개의치 않았다. 그들은 나를 푼
수라고 불렀다. 그들이 그렇게 비웃는 것도 마음에 두지 않았다.
그래 나는 푼수다.

두 아들 바르게 잘 키울 수만 있다면 푼수인들 어떠리.
그게 엄마다.

힘드니까 인생이다

살기 힘들다고 아우성들이다.

어떤 사람들은 집이 없어, 어떤 사람들은 물가는 치솟는데 수입이 줄어들어, 또 누구는 몸은 아픈데 돈이 없어 등등. 그래서인지, 살기 위한 몸부림인지 매일같이 각종 범죄에다 파업과 시위가 그칠 날이 없다. 그리고 목숨이 그렇게 가벼운 것인지 걸핏하면 결사(決死) 반대, 결사 저지 등 결사가 사방에 난무한다.

그러나 잠시 눈을 돌려보자. 거기엔 결사를 밥 먹듯 하는 사람들보다 더욱 어렵고 힘든 삶을 살아가는 우리의 이웃들이 얼마든지 있다. 이들은 혹 장애를 가지고 있으면서도, 생명을 위협당할 정도의 위험한 일을 하면서도, 하루하루 끼니를 잇기 어려울 정도의 가난에 시달리면서도 묵묵히 조용히 살고 있다. 그들은 살기 힘들다고 아우성치지 않는다. 아우성칠 힘이 없어서일까? 아니다. 아우성칠 틈도 없이 열심히 살고 있기 때문이다. 그들에게서 오히려 나눔의 아름다움을 종종 볼 수 있는 것은 무엇을 뜻함인가?

가끔 나에게 홀로 아이들을 돌보니 얼마나 힘드냐고 위로 하는 사람들이 있다. 나는 웃는다.

직장 다니는 며느리를 대신하여 집안 살림을 하고 아이들을 돌보니, "며느리가 버는 돈의 반은 받겠네." 건네는 농담에 또 그냥 웃는다.

첫 손녀를 봤을 때는 힘든 줄 몰랐다. 그러나 지금은 갈수록 힘에 겹다. 몸도 자꾸 아프다. 여기 저기 쑤시고 괴롭다. 그러나 마지막 도(道) 닦는다는 심정으로 몸을 달랜다. 그리고 틈틈이 잠을 줄이고 글을 쓴다. 고달프고 외로우니 그걸 달래는 유일한 길이 글을 쓰는 것이다. 며느리들이 살갑게 하지 않는다. 만일 며느리들이 나에게 살갑게 대하고 다정다감하여 내가 외로울 틈이 없다면 나 역시 글 쓸 생각을 하지 않았을 것이다. 그러니 얼마나 고마운 일인가?

그래서 인생은 힘든 것이고 그 힘든 와중에 가끔 오아시스처럼 다가오는 신기루 같은 행복. 그 행복이 그래서 값진 것이리라. 그게 인생이다. 그리고 그만큼 힘들기에 소중한 인생이다.

깊이에의 강요

만남의 장소로 가끔 시내 대형문고를 이용할 때가 있다. 기다리는 동안 책을 살펴보고 있으면 상대방이 좀 늦어도 지루한 줄 모른다. 그뿐 아니라 비싼 차 값을 따로 쓸 필요가 없으니 일석이조다. 그러다 보면 가끔 자연스럽게 책을 주고받으며 마음의 선물이라고 서로 나누기도 한다. 그런 계기로 어느 지인으로부터 『깊이에의 강요』를 받았다.

독일의 암바흐에서 태어나 역사학을 공부하고 시나리오와 단편소설을 썼던 저자 파트리크 쥐스킨스의 『깊이에의 강요』는 많은 생각을 하게 한다.

그림을 뛰어나게 잘 그리는 여류화가의 전시장에서 한 평론가는 그녀에게 더욱 용기를 북돋아 줄 생각으로 말을 한다.

'당신 작품에는 재능이 보이고 마음에도 와 닿습니다. 그러나 당

신에게는 아직 깊이가 좀 부족한 듯합니다.'

평론가의 그 말 한마디가 다음 날 신문에 실렸다. 그런데 앞뒤의 말은 무시되고 '깊이가 없대요' 만 사람들 사이에 강조되어 일파만파 퍼져 나갔다. 격려하려고 했던 그 평론가의 말이 오히려 독이 된 것이다. 그 여파로 그녀는 모든 의욕을 상실하게 되었다. 그리고 결국 자살로 비참한 인생을 마감한다.

한때 장래가 촉망되었던 젊은 여류화가의 인생이 그 비평가의 말 한마디로 인해 이렇게 무자비하다 싶을 정도의 비극으로 끝나게 된 것이다.

말 한마디가 사람의 인생을 바꿀 수 있다는 것을 극명하게 드러낸 작품이라는 생각이 들었다. 이 밖에도 그 책에는 '승부' '장인(匠人) 뭐사르의 유언'과 '……그리고 또 하나의 고찰' 등 단편소설이 실려 있는데 한결 같이 문학과 우리의 삶은 어떠한 함수 관계에 있는지 그 근본적인 문제들을 다루고 있었다.

이렇듯 문학은 인간의 삶과 죽음, 사상 등 인생사 구석구석에 수많은 의문을 던져주고 그 의문들은 생활 속에 영원한 논제로 남아 대화의 통로 역할을 하고 있는 것이리라.

멋지게 늙자

아!

늙는다는 것이 이런 것이구나. 젊었을 땐 몰랐다. 정말 몰랐다. 팔 다리가 쑤시고 허리가 아프고 뭐라 표현할 수 없는 통증과 고통을 느낀다. 오후가 되면 오래 서 있을 수가 없다. 의사가 그런다. 그럴 때가 되었다고. 맞는 말이다. 노화는 질병이 아니다. 그러기에 자신의 노력 여하에 따라 어느 정도 조절이 가능하다. 그럼에도 몸에 가해지는 괴로움들을 어쩌랴.

늙는다는 것 참 쓸쓸한 일이다. 영원히 젊음을 유지하고 살 수 없음은 누구나 잘 아는 만고의 진리다. 그래도 이렇게 속절없이 늙어감이 슬프다.

젊음과 늙음 사이엔 두드러진 변화가 있다. 젊었을 때는 낮에 고단해도 밤에 푹 자고 아침에 일어나면 거뜬했다. 그런데 늙으니 아침에 눈을 떴을 때 온몸이 아프고 찌뿌드드하다. 간신이 일어나 물 한 모금을 마시며 몸을 달랜다. 그렇게 시작하는 하루가 그럭저럭 지나가지만 날이 저물면 피로가 몰려와 일찍 잠자리에 들어야 한다. 그게 늙는 거다. 늙으면 아침잠이 없어진다는 것은 잠이 줄어서가 아니라 일찍 눕기 때문이다.

젊은이들에게 애써 늙음의 고뇌를 알리려 하지 말자.
아무리 그들에게 늙음을 설명해도 그들은 안 늙어 봤으니 모를 것이다. 기왕에 늙는 거 멋지게 잘 늙어보자. 늙어감도 자신의 몫이니.
잘 늙으려면 무엇보다도 중요한 것은 건강이다. 젊은 사람들은 나이든 사람의 아프다는 소리에 스트레스를 받을 수도 있다. 그러니 아프다고 엄살떨지 말자. 건강을 지키려면 운동은 기본이다. 또한 베푸는 일에 인색하지 말자. 법정스님은 버리고 떠나가라고 했지만 나는 손자 손녀들이 있는 할머니다. 내 후손들을 위해 많이 베풀고 떠나려고 한다. 베푸는 일이야 말로 멋진 삶이 아니겠는가?

내가 글을 쓰는 것도 멋지게 늙으려는 노력 중의 하나다.
글 쓰는 일이 어디 쉬우랴?

어려운 일이니 그 만큼 보람과 행복을 느낀다. 글을 쓰며 내 인생
에 고운 수를 놓는 것이다. 그렇게 내면의 아름다움을 가꾸며 우
아하게 늙어가자. 황혼의 멋진 로맨스를 꿈꾸며.

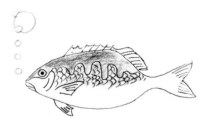

✿ 나의 사치

늦은 밤 음악을 듣는다.

내 시(詩)에 작곡가들이 곡을 붙인 가곡들이다.

그 순간 행복하다. 와인 한잔이 있다면 더 좋으리라. 누군가는 보석으로 치장을 하고 명품을 두르고 해외여행을 즐긴다. 그러나 나는 그런 것에 관심이 없다. 솔직하게 말하면 그럴 능력이 안 된다. 그러니 관심이 없는 척 하는 것이다.

외롭다. 옆에 사랑하는 사람이 있었으면 좋겠다. 함께 다정한 눈빛을 바라볼 수 있는 사람이 있다면 얼마나 좋으리. 내가 아프면 병원도 데려가고, 맛있는 것도 사주는 그런 사람이 있었으면 좋겠다. 생각이 거기에 머물면 미소를 지어 본다. 주방에서도 벗어나고 싶다. 새벽밥을 지어 아들, 며느리, 손자, 손녀 챙겨 먹이는 재미도 나쁘지는 않다. 그러나 이제는 늙어가고 있으니 우아하게 대접받고 싶은 것이다.

그런 저런 소망이 많다. 그러나 뜬 구름 같은 상상이다. 그러니 내 시가 노랫말이 된 가곡들을 들으며 영화 속 주인공처럼 우아하게 와인 잔을 들어본다.

멋진 나를 연출하며 홀로 즐기는 나만의 사치다.

이런 사람이고 싶다

사람을 사회적 동물이라고 한다.

사회적이라 함은 혼자가 아니고 더불어 산다는 의미다. 나 홀로가 아니라 서로가 서로에게 연결된 고리가 있어 복잡다단한 생활을 하고 있다는 것이다. 그러므로 거기에는 나름대로의 율(律), 즉 규칙이 존재한다. 그것을 예절, 에티켓이라고도 하고 또는 도덕, 윤리, 상식, 규범이라고도 하는데 이런 율들이 적용되어 살아가는 것이 인간 세상이다.

인격이란 무엇인가? 인격은 학문을 많이 했다고, 그래서 지식이 많다고 해서 되는 것도 아니다. 돈이나 권력으로 되는 것은 더욱 아니다. 인격은 살아가면서 스스로 가꾸고 갖추어 가는 것이다. 인격은 언행에서 가장 적나라하게 드러난다. 사소한 말 한마디에서 또는 대중교통 속 작은 행동 하나 하나에서 그 사람의 인격이

• • • 미움에 대한 예의

묻어 나온다. 사람은 누구나 남으로부터 인정받고 존경 받고 싶은 욕구를 가지고 있다. 아무렇지도 않게 던지는 정제되지 않은 말과 행동은 인격에 결정적인 오점이 될 수도 있는 것이다. 함부로 말하고 격 없는 비속어를 쓰는 것은 자신의 인격을 스스로 파괴하는 행위이기도 하다.

한마디의 말을 해도 긍정적으로 희망을 주고
듣는 사람 기분 좋게 하는 사람.
책 읽기를 게을리 하지 않아 풍부한 교양으로
남의 이야기를 들어주는 인내를 갖추고 있는 사람.

가끔은 고뇌와 갈등으로 힘들어 하면서도
남을 이해하며 베풀고 배려하는 마음이 넉넉한 사람.
화려한 보석이 아니어도 지적인 아름다움이 풍기고
미인이 아니어도 웃는 모습이 예쁜 사람.

그런 사람이고 싶다.

인생도 보상 받을 수 있다면

대부분의 사람들이 자신은 한(恨)이 많고 억울하다고 한다.
만약 그런 억울함을 보상 받을 수 있다는 희망이라도 있다면 그
누구도 범죄를 저지르는 비극과 불행은 없을 것이다. 범죄를 저
지른 사람을 옹호하거나 변명해 주려는 것이 결코 아니다. 그만
큼 삶이 버겁다는 말을 하고 싶은 것이다.

생로병사(生老病死)는 영구불멸의 진리다. 태어났으니 늙고 병들
고 죽는다. 그렇게 시작해서 그렇게 끝나는 것이 인생이라면서
도 그런 과정에서 세상만사는 그 무엇 하나 만만한 것이 없다.
자신의 자리에서 위를 보면 한없이 위축되고 서글퍼지기까지 한
다. 그러나 그나마 아래를 보면서 조금이라도 위로 받고 살아갈
수 있는 것이다.

· · · 미움에 대한 예의

이제 나도 노년의 삶으로 가는 길목에 있다. 전쟁의 폐허로 모든 것이 넉넉지 않아 삭막했던 어린 시절. 친부모도 아닌 환경에서 모질게 살았고 결혼해서까지도 시련의 세월을 살았다. 그런 내 삶은 내게 참고 견디는 방법을 가르쳤고 이처럼 글을 쓰게 만들었다. 이것이 내 인생의 보상이 아니겠는가? 처해진 환경을 딛고 운명을 승화시키는 것이 자신의 인생을 보상 받는 것이라는 생각하기 때문이다.

오래 전부터 뇌병변(뇌성마비) 장애우 제자 몇 명을 돌봐주고 있다. 지난 2003년부터 한국뇌병변복지관에서 장애우들에게 글쓰기를 가르치는 작문수업 봉사활동을 시작하였다. 90년부터 봉사활동을 시작했지만 그때까지만 해도 장애시설에서는 봉사할 기회가 주어지지 않았었다. 그런데 우연히 장애시설에서 봉사를 하게 된 것이다. 그렇게 해서 2005년 그들과 함께 공동 작품집『그대의 그대가 되어』를 출간하였다. 그러나 그 후, 두 아들이 결혼을 하고 손자 손녀들이 태어나면서 일하는 며느리를 돕느라 더 이상 복지관에 나갈 수 없게 되었다. 그래서 가르치던 장애우들 중에 환경이 극히 열악한 세 제자를 지금까지 돌보며 살아간다. 세 제자에게 매달 조금의 생활비를 보조해주고 주말이면 만나 글쓰기 개인지도를 해 준다.

이런 일들이 단순이 좋은 일을 하려는 것이 아니다. 나보다 더 힘든 그들의 손을 잡아주며 나 자신도 위로 받기 때문이다. 내 삶은 버겁고 외롭다. 그러기에 그들과 함께 손잡고 삶에 대한 의미를 찾는 것이다.

인생의 본질은 허무한 것이다.
그랬기에 환경을 극복하고 견뎌 스스로 보상받는 것이라고 생각한다. 이토록 열심히 살아내고 있는 나도 문득 본연의 나를 생각하면 아픔이 엄습해 온다. 나는 누구를 위하여 이 생(生)을 부둥켜안고 있는가? 생각이 거기에 머물면 가슴이 먹먹하도록 아프다. 그러나 이런 모든 것을 견뎌내며 사는 것이 인생을 보상 받는 것이라고 굳게 믿는 것이다.

맏며느리의 멍에

결혼해서 잘 살면 그것이 나를 힘들게 했던 엄마에 대한 복수라고 믿었다.

가난한 집안의 맏며느리. 그 조건이 좋았다. 부자 집에 들어가면 내가 할 일이 없을 것 아닌가? 그러니 가난한 집안에 맏며느리로 들어가 부자 되고 가족들과 화목하게 살면서 그게 진짜 나라고 엄마에게 보여주고 싶었다.

사람구실, 그것도 윗사람 노릇을 하려면 돈이 있어야 한다. 그런데 결혼과 동시에 남편은 나에게 생활비, 즉 돈을 주지 않는다. 나는 남편의 돈을 써 보지 못한 불행한 여자다. 문제는 내가 벌어 쓰는데도 늘 남편과 불화가 있다는 것이다.

결혼 후 시동생의 대학과 시누이 고등학교 문제가 급선무였다. 시부모님이 경제력이 없으니 장남인 남편이 그들의 학비를 대야 했다. 일정액의 학비는 남편의 돈으로 했지만 그런데 그 외 용돈이며 집안 행사비용은 거의 내가 번 돈으로 충당했다. 돈 문제로 남편과 다투고 싶지 않아서다.

한번은 대학에 다니고 있는 시동생으로부터 용돈이 부족하다는 편지가 왔다. 남편과 이야기 해 봤자 불화만 날 거 같아 우체국에서 소액환으로 그 때 돈 오천 원을 보내주었다. 얼마 후 실수로 그만 그 영수증이 남편의 눈에 띄었다. 그로 인해서 부부다툼을 했다. 기가 막혔다. 친정에 보낸 것도 아니고 자신의 동생에게 보낸 것을 그것도 자신의 돈으로 보낸 것도 아닌데. 지금 생각해도 이해가 안 되는 속상한 일이지만 그 때는 어쩔 수 없는 그런 상황이었다.

가난한 집 칠 남매 맏며느리. 잘 하고 싶었다. 그래서 동기간에 우애 좋고 경제 살리고 그런 마음이었기에 서슴없이 선택한 결혼. 그 꿈은 한낮 꿈으로 끝났다. 아무리 잘하려 해도 받아 들여지지 않는 서글픈 생활환경. 그래서 나는 글을 쓰게 되었으니 어찌 보면 그들이 내 스승인지도 모른다. 그들이 나에게 내가 하는 만큼 서로 잘 해서 화목하고 즐겁게 살았다면 나는 글을 쓰지 않았을지도 모른다. 그 모든 것이 맏며느리의 멍에이리.

🌿 시골 된장

한때 대학가에서 분식집을 운영을 하고 있었다.

그 당시 두 아들은 초등학교에 다니고 있었다. 분식집은 본래 기본메뉴가 30가지가 넘는다. 각종 찌개, 각종 면 요리, 밥 등 다양한 식사를 준비해야 한다. 그런데 우리 분식집은 시골집에서 가져온 된장으로 끓인 된장찌개가 학생들에게 인기가 좋았다.

그러다 어느 날 된장이 떨어져가고 있었다. 사정을 들은 작은녀석이 시골할머니한테 가서 된장을 가져오겠다고 나섰다. 그때 작은녀석은 초등학교 5년 즈음이었다.

외할머니가 비닐봉지에 된장을 넣고 이것을 종이박스에 담아 포장을 해서 작은녀석에게 주었는데 그 포장이 제대로 되어 있지 않았던 것 같다. 그것을 갖고 오다가 광화문에서 버스를 갈아타려고 했는데 그만 그 포장된 박스가 파손된 모양이었다. 어린 아이가 한참을 어쩔 줄 몰라 했던 것 같다. 지나가던 어떤 고마운 사

람이 근처 가게에서 비닐봉지를 얻어다 다시 싸 줘 갖고 올 수 있었다고 한다. 그러고는 울먹이며,

"그냥 버리고 싶더라구. 엄마가 원망스러웠어. 그렇지만 차마 버리고 올 수 없었어……. 형들이 된장찌개가 맛있다고 하는데, 그걸 버리면 장사 못할 거 아니야."

어린 녀석의 말을 들으며 너무나 미안하고 가슴이 미어지게 아팠다. 생각이 깊은 아이가 아니었다면 그런 심부름을 하지도 않았겠지만 상황이 그리 되었을 때 그냥 버리고 왔을 것이다.

세월이 한참 흘렀어도 가슴에 남겨진 짠한 사연이다.

🌿 행복의 조건

나만의 공간에 내가 있다.

컴퓨터에 앞에 앉아 까만 밤을 하얗게 밝힌다. 자판을 두드리며 내 마음 색깔을 찾느라 영혼을 불사른다. 방해하는 사람이 없으니 자유롭다. 그 이유만으로도 참 좋다.

두 아들이 성실하게 잘 살고 있음도 고맙고 사치 낭비 모르고 열심히 자신들의 일에 열중하는 두 며느리도 예쁘다. 변변치 못한 어미인데 잘 커준 두 아들. 재산도 없는 집안에 들어와 열심히 일하는 며느리들. 모두 고맙고 대견하다. 그럼에도 이제 나도 늙었나 보다. 외로움을 느낀다.

그러나 이제는 활짝 웃어 보고 싶다. 연기를 하듯 누군가를 위해 웃는 것이 아니라 진정 나 자신을 위해 웃고 싶은 것이다.

이제 보니 행복의 조건은 별거 아니라는 생각이 든다. 내가 기쁘고 즐거우면 그게 행복이리라. 꼭 명품을 소유하고 보석으로 치장해야 하는 것은 더더욱 아닐 것이다. 어쩌다 와인이라도 한 병 선물 받으면 행복해서 눈물이 난다. 가끔은 홀로 여행을 떠나는 것도 내가 행복하기 위함이다. 모두가 잠든 밤 야경에 푹 빠져보기도 하고 글도 쓰고 마음을 다스려 본다. 행복의 조건은 일체유심조(一切唯心造)라고 믿기에.

달궈낸 세월 앞에 지금 나는 행복하다.

여행

우리는 가끔 현실에 대한 불만과 스트레스 그리고 일상의 따분함으로 에너지 고갈을 느끼기도 한다. 그럴 때 어떤 방법으로든 재충전이 필요하고 그 방편으로 여행이라는 돌파구를 찾을 수도 있다.

여행을 통해 심신을 가다듬고 영혼을 맑게 치유하는 진공묘유(眞空妙有) 그 멋을 의미하며 자신을 성찰할 수 있는 기회가 될 수 있기 때문이다.

여행은 단조로움에서 벗어나 미지의 환경에 도전하는 것이니 훌훌 털고 나서기까지 무엇보다도 용기가 필요하다. 산과 바다 그리고 자연을 만나고 낯선 곳에서 낯선 얼굴들을 마주하며 외로운 이방인이 되어 본다.

여행은 사색하기 위한 준비이므로 혼자가 좋다.

혹 정서가 비슷하고 대화가 되는 사람이 있다면 한 사람쯤 동행도 나쁘지 않을 것이다. 그러나 나는 역시 혼자가 좋다. 철저히 고독을 벗 삼고 모든 쟁점을 나에게로 집중시키며 나 자신에게 충실할 수 있어야 하기 때문일 것이다.

언뜻 생각하면 여행은 동(動)적인 것 같지만 사실은 정(靜)적인 것이라고 봐야 할 것이다. 몸은 움직이고 있지만 마음을 고요하게 하며 모든 번뇌 망상을 벗어나려는 몸짓이라고 생각하기 때문이다. 그렇게 해서 자신도 모르게 습관이 되어 버린 관념에서 벗어나 새로운 가치관을 만들면 좋으리라.

홀로 낚시를 즐기거나 혹은 두 사람이 마주 앉아 바둑을 두는 것, 또는 글을 쓰고 서예를 하는 사람도 정신수양이라는 점에서 볼 때 동적인 것이 아닌 정적인 사람들이라고 할 수 있을 것이다.

우리가 영원히 산다면 아무것도 필요 없다. 그러나 일정시간이 지나면 연기처럼 사라지는 것이 인생이다. 한번쯤은 일상에서 벗어나 세상을 당당히 걸어보는 것도 좋으리라. 어느 날 홀연히 떠날 그 순간을 미리 연습이라도 하듯, 그렇게 나는 일탈을 꿈꾸며 여행을 떠나 낯선 거리에서 나그네가 되어 보기도 한다. 홀로의 여행에서 잠시나마 삶의 환희를 느껴 본다.

🌿 나는 믿는다

어쩔 수 없는 운명 앞에서 그것을 견뎌내느라 화풀이 대상으로 엄마는 나에게 모질게 매질을 했었다. 그랬던 엄마는 죽음 앞에서 당신이 창건한 사찰 대암사를 큰딸인 나에게 주라고 유언을 했다. 그 유언은 식구들의 반대로 지켜지지 않았지만 그래도 엄마의 양심을 알았기에 엄마를 믿는다. 그래서 나는 그 사찰을 지키려고 애썼다.

이제는 나도 늙고 지쳤다. 편안한 삶을 살아 보고 싶다. 늘 고달프고 억울한 삶을 살아야 했던 내 운명에서 벗어나고 싶다. 나도 보통 사람들처럼 편안한 삶을 살아 보고 싶다. 아주 간절하게.

명화 스님, 아니 엄마 혼이 나를 도와주리라 굳게 믿는다. 그리고 엄마가 도와주고 있는 것을 나는 충분히 알 수가 있다. 그 믿음이 오늘 나로 하여금 삶의 의미를 느끼게 한다. 그리고 살아있게 한다. 지금 이 현실에서.

만약에

인생에는 가정법이 없다고 한다. 그래도 만약에 내가 대암사에서 감옥을 가지 않았다면 지금쯤 나는 그 사찰에 불교대학과 양로원 등 복지시설 설립을 끝내고 주지스님으로서 편안하고 행복한 삶을 살고 있을 것이다.

그러면 지금처럼 아들 며느리들 그리고 손자, 손녀들과 어우러져 사는 그런 삶은 없었으리라.

나는 지금, 지금에 주어진 현실을 진심으로 소중하게 생각한다.

우리에게는 늘 지나간 시간들이 있다. 그 지나간 시간들은 아쉬움이고 그리움이다. 지나간 시간에 연연하지 마라. 오지 않은 미래에 번뇌하지 마라. 지금 현실에 충실하라는 불교의 가르침이 있다. 이제 나도 주어진 현실에서 어떻게 하면 더 행복하고 보람된

· · · 미움에 대한 예의

삶이 될지 생각해 본다. 그리운 것은 아쉬움으로 남겨놓고 지금
의 현실에서 행복을 찾으려고 한다.

지금이라는 이 순간이 얼마나 소중한가?
이 소중한 시간을 아낌없이 사랑하며 살고 싶다. 우리 자식들을
사랑하고 이웃을 사랑하고 무엇보다도 내 자신을 사랑하며 맘껏
웃으며 살리라.
인생에는 '만약에'라는 가정법이 없으므로.

인생, 그 외로움

누구나 가슴 한편에 외로움을 안고 산다. 그건 인생 그 차체가 본래 허망한 것이고 그것은 무엇으로도 채워질 수 없는 것이기 때문이다.

그러나 사랑하면 행복하다.

사랑은 인생에서 잠시 쉬어가는 언덕이다. 그러니 그 쉬어가는 언덕에서 잠시 숨을 고르는 것은 아닐까? 홀로 태어나 홀로 살아가는 이 외로운 사바세계. 그리고 어느 날 훌쩍 떠나야 하는 허망한 우리 삶.

외로운 존재이기에 고뇌하고 뭔가에 몰두해보고 여행도 해 본다. 그러다 보면 사랑이라는 보너스. 여행이라는 보너스. 뭔가에 미쳐보는 보너스. 그 모두가 살아가는 동안 삶에 대한 의미와 애착을 갖기 위해 만들어지는 자연스러운 이런 현상들이 결국은 축복이 아니겠는가?

· · · 미움에 대한 예의

그런 노력으로 추구하던 것을 이루고 그 성취감에 잠시 느끼는 행복감, 보람. 그러나 또다시 반복되는 일상의 허탈함. 그 허탈함을 부둥켜안고 삭혀야 하리라.

살아있는 동안 벗어날 수 없는 굴레이므로.

베갯머리 송사

남자들은 여자의 말에 약하다. 그것도 다른 사람이 아닌 아내의 말에 철저하게 세뇌되어 간다. 그러기 때문에 동양에서는 예로부터 베갯머리 송사라는 말이 있는 것이 아닐까?

세계를 지배하는 것은 남자이고 그 남자를 지배하는 것은 여자라는 서양의 격언도 그래서 나온 말일 것이다. 누구나 가까이에서 자주 듣는 말에 익숙해진다. 설사 처음에는 반신반의 하다가도 어느 순간 기정사실로 받아들이게 되는 것이다. 결국 남자를 큰사람으로 또는 졸장부로 만드는 것도 여자의 몫인 것이리라.

이토록 아무리 항우장사라도 여자의 귓속말에 넘어가지 않는 남자는 없으니 집안이 화목 하려면 여자의 혀가 한몫을 할 수밖에 없다.

아내가, 며느리가, 엄마가, 이모가, 고모가 어떤 말을 하느냐에 따라 그 집안의 가풍이 만들어지고 화목해지는 것이다.

···미움에 대한 예의

말은 사람의 인품을 적나라하게 드러낸다. 거친 말 퉁명스런 말
투로 말하는 것과 온화하고 부드러운 말로 하는 것은 하늘과 땅
만큼의 차이다. 그러니 집안이 화목하다는 것은 그 집안 여자들
이 베갯머리 송사를 어떻게 했는지 말해주는 것이 아니겠는가?

🌿 스위트 홈

가정은 시시비비를 가리고 이치를 따지는 장소가 아니다. 그렇다고 질서와 예의를 무시하라는 것은 아니다. 부족하고 어설픈 것이 있더라도 서로 보듬어 다시 일어날 수 있는 용기를 갖도록 힘을 주는 장소가 가정이어야 한다. 그러려면 하루 일과의 피로를 풀고 편히 쉴 수 있는 편안한 공간이 되어야 한다. 편안한 가정은 평범한 사람을 영웅으로 만들 수도 있기 때문이다.

가족은 식구들 간에 서로 잘못했다고 꾸짖고 벌하는 사람들이 아니라 잘못한 것을 감싸주는 사람들이다. 그래서 다시 설 수 있도록 격려하는 사람들이다. 그 모든 중심에 한 여자가 있다. 엄마요. 아내요. 주부이다. 그 한 여자의 목소리와 눈빛과 표정은 가족의 행복과 불행을 좌우할 수도 있다.

· · ·미움에 대한 예의

가정에서 남편의 역할이 중요하다면 아내의 역할 또한 그에 못지않다. 아니 더 중요할 수도 있다. 현명한 아내라면 설혹 남편에게 부족함이 있더라도 그것을 감싸고 흉이 되지 않도록 가정을 이끌어 간다. 그러기 때문에 행복하고 성공하는 가정은 한 여자의 숨겨진 능력이라고 생각한다. 그 노력으로 스위트 홈이 되는 것이리라.

대견한 동생들

앞에서 오는 공은 운명이고 뒤에서 오는 공은 숙명이라고. 그래서 운명은 대처할 수 있지만 숙명은 그야말로 속절없이 당하는 것이라고 한다.

내가 감옥에 있을 때 막내 여동생이 보낸 편지에 그런 운명과 숙명이라는 글의 내용이 있었다. 그러면서 동생은 어둠 속에 있는 언니를 생각하며 내 첫 시집 『차라리 침묵하고』을 다시 읽어보니, 언니는 범상한 인물이 아니라서 모난 돌이 징 맞듯, 그런 숙명을 맞았나 보다는 글을 보냈다.

내가 젊은 시절 요식업을 할 때, 동생은 방학 때 와서 나를 도와줬었다. 그리고 그 후, 친구들과 음식점에 갔을 때 불평하는 친구들에게 "이 칼국수 한 그릇이 내 앞에 오기까지 얼마나 많은 사람들의 노력이 필요한지 아느냐?" 하며 불평을 못하게 했다는 말을

···미움에 대한 예의

들으며 대견스러운 생각이 들었다.

맞다. 똑같은 상황을 겪고도 깨닫지 못하면 아무 소용없는 것이다. 나와 내 아래 동생은 맏며느리인데 셋째 막냇동생은 외며느리다. 딸 셋이 어쩜 그리도 닮았는지 맏며느리도 힘들지만 외며느리야 말해 뭐하리. 그래도 지혜롭게 잘 해내고 있음이 대견스럽다. 그래서 깨달음은 중요한 것이다. 같은 상황을 겪고도 깨닫지 못하면 어쩔 수 없는 것이다. 그러나 깨닫게 되면 삶이 달라지고 인생이 달라진다.

이별

눈에서 멀어진다는 것, 그것은 이별이다.

그 이별 중에서도 사별은 슬픔을 넘어 또 다른 고통의 시작이다. 그 고통이 얼마나 힘든 것인지 당면해 보지 않은 사람은 그 깊이를 잘 모를 것이다. 우리는 가까운 사람들의 여러 가지 죽음을 보며 살아가야 한다. 그리고 남아있는 자는 고스란히 그 고통을 감수해야 한다.

그 중에서도 부부사별의 고통은 두 사람이 사랑을 했든 안 했든 그와는 별개 문제로 그 정도가 깊고 심하다. 부부는 한 몸이기에 한 사람만의 죽음만이 아니라 뒤에 남겨진 나의 반쪽도 죽는 것이기 때문이리라.

나는, 아니 우리 부부는 서로 사랑하지 못했다. 그랬기에 더 애처롭고 아픈 고통이다. 차라리 사랑했다면 덜 고통스러울지도 모른다.

인생이 그렇다. 다 태우고 나면 하얀 재만 남듯이 사랑도 그러하
리라. 그랬기에 역설적으로 그의 죽음이 나에게 남겨준 고통은 결
국 내 영혼을 성숙하게 했다. 그렇게 믿는다.

그런 아픔은 살이 썩는 듯한 고통이다. 씨가 썩어야 새싹이 트듯
그 썩는 아픔을 통해 영혼이 성숙되는 것이 아닐까 생각해 본다.
눈에서 사라지는 이별의 고통, 그 모두가 어쩔 수 없는 우리 삶
이 아니겠는가?

소명(召命)

어른이 되고 싶었던 어린 시절.

그때는 어른이 되면 수많은 고(苦)가 있다는 것을 몰랐다. 그렇게 철없던 나도 이제는 청춘이 지나고 칠십을 바라본다. 오십이면 지천명(知天命) 육십이면 이순(耳順) 칠십이면 고희(古稀)라 했으니. 그야말로 인생칠십고래희(人生七十古來稀)가 아니겠는가?

의학발달로 사람의 수명이 길어진 것은 사실이다. 그러나 불편한 몸으로 양로원이나 요양원에서 목숨만 연명하고 있다면 그건 살아있는 삶의 의미가 아니다.

지천명, 이순, 고희는 논어의 위정편(爲政篇)에 나오는 말로 공자는 만년에 위정편에서 다음과 같이 회고하였다고 한다.

'나는 열다섯에 학문에 뜻을 두었고(吾十有五而志于學), 서른에 뜻이 확고하게 섰고(三十而立), 마흔에 미혹되지 않았으며(四十而不惑), 쉰에는 하늘의 명을 깨달아 알게 되었으며(五十而知天命), 예순에는

· · · 미움에 대한 예의

남의 말을 듣기만 하면 곧 그 이치를 깨달아 이해하고(六十而耳順), 일흔이 되어서는 무엇이든 하고 싶은 대로 하여도 법도에 어긋나지 않았다(七十而從心所欲 不踰矩).'

지천명의 천명이란 우주만물을 지배하는 하늘의 명령이나 원리 또는 객관적이고 보편적인 가치를 가르치는 유교(儒敎)의 정치사상을 말한다. 나는 여기서 육십의 이순(耳順)이라 하는 뜻을 가슴에 새겨보려고 한다. 귀에 들어오는 소리가 때론 귀에 거슬려도 격한 감정에 휘말리지 않고 순해진다는 뜻. 이 말을 단순하게 볼 것이 아니다. 그래서 다시 한 번 그 깊이를 한번 생각해 보는 것이다.

젊은 시절 시를 쓰던 나는 오십에 소설 하나를 쓰고 육십의 나이에 들어서며 에세이를 쓴다. 두 번째 에세이를 쓰며 나이가 들어감을 실감한다. 노년을 글 쓰는 사람으로 거듭난 삶을 살려고 한다. 그런 마음이 굳어지고 나름대로 천명을 알았다고나 할까?
젊음을 유지하고 있을 때는 젊음의 힘이 무엇인지 몰랐다. 그러나 나이가 들어가면서 차츰 젊음에 대한 경이로움을 느낀다. 그러나 순리를 따르고 이치를 터득하면서 하늘의 명을 알아 헤아릴 수 있다면 꼭 젊음만이 인생의 전부는 아니리라.

인생의 진짜 황금기는 칠십 년 가까이 모진 세월을 달궈내고 모 난 구석이 닳아진 지금, 그래서 사람도 생각도 둥그러진 지금이 아니겠는가? 생각이 열리고 귀와 눈이 열려 자연과 하나가 되어 모든 것이 초연해지는 지금 말이다.

어느 가수가 부른 '낭만에 대하여'라는 노래의 노랫말 한 구절이 더욱 더 가슴이 와 닿는 것은 그동안 쌓여온 연륜 때문이리라. 나 도 이제 천명을 조금은 알았으니 그 길을 갈 것이요. 세월이 더 흘러도 나는 나일뿐이리.

한 가정을 지켜왔고 이제 손자 손녀들 재롱으로 소일하는 칠십을 바라보는 아낙이 무슨 지천명, 이순씩이나 거론을 하겠는가? 훌 륭하신 지덕을 겸비하신 선비님들께나 해당되는 말씀임을 왜 모 르겠는가?

그렇지만 세상이 하도 변하여 이제 여자도 제법 큰소릴 치는 시 대에 살고 있음이 그저 하늘을 우러러 고맙고 감사하며 송구할 뿐이다.

· · · 미움에 대한 예의

🌿 삶의 여백

고 최명희 선생의 『혼불』을 읽으며 무거운 인내를 감수했던 기억
이 새롭다.

『혼불』은 한번 읽고 덮어 진열해 놓는 그런 책이 아니다. 관혼상제
와 관련된 각종 예절 전통 등 우리민족의 생활문화가 시대의 흐름
에 따라 어떻게 변해오고 있는지 생생하고 세밀하게 담겨있는 책
이다. 그러기에 민속(民俗) 백과사전이라고 할 수 있다.

우리의 몸(육체)은 지(地), 수(水), 화(火), 풍(風)의 네 가지 성분으로
되어 있고 거기에 마음(心; 정신, 영혼)이 함께 해야 살아있는 사람
이지만 수명을 다 하고 죽을 때는 몸에서 더운 기운(火)과 마음(정
신)이 함께 빠져 나간다. 이 때 빠져 나가는 불덩이가 혼불, 즉 영
혼의 실체이다.

우리는 반만년의 유구한 역사를 지닌 민족이다.

그렇다면 우리의 뿌리는 무엇이며 우리를 지탱해주는 민족의 혼은 무엇일까? 그것은 아무리 서양의 외래문화가 범람하고 있어도 흔들림 없는 우리민족의 도도한 정신, 즉 홍익인간(弘益人間) 사상이 아니겠는가? 널리 인간세계를 이롭게 한다는 국조(國祖) 단군(檀君)의 건국이념이며 고조선 개국 이래 한국 정교(政敎)의 최고 이념사상인 바로 이 사상이 우리민족의 혼인 것이다.

어느 강의에서 들은 내용이 기억난다.

세계에서 가장 우수한 민족으로 게르만족, 유태민족, 한민족을 들 수 있다는데 아쉬운 점은 한민족은 본질이 모래알과 같다는 것이다. 그러니 그 모래알이 뭉치려면 시멘트 같은 응집력이 필요하리라. 그 응집력은 무엇일까? 만일 그 힘으로 뭉치면 세계의 으뜸가는 민족이 되지 않겠는가?

싫고 좋음을 떠나 오늘을 살고 있는 우리가 명심하고 극복해 나가야 할 과제라고 아니할 수 없다.

보고 듣기만 하는 것과 책을 읽으면서 사색하는 것은 엄청난 차이가 있는 것이다. 사람은 보고 듣고 생각하며 판단하는 다양한 능력을 갖고 있다. 그러기에 한 가지에만 치중하면 부정적 성격

・・・미움에 대한 예의

으로 편견이 심해질 수 있다. 그러므로 책을 가까이 함으로써 책 속에 들어있는 길을 찾아 다양하고 옳은 판단을 할 수 있는 능력을 갖춰야 한다.

독서는 삶의 여백을 채색하며 심신을 가다듬고 영혼을 맑게 하는 유일한 행위이다.

3부

미움에 대한 예의

사랑과 미움은
우리 삶에
빛과 그림자처럼
숙명으로 공존하는 감정들이다.

사랑에 예의가 있다면
미움 또한
그만큼의 예의가 있어야 하리라

미워한다는 것
그리고
사랑한다는 것
우리 모두 끌어안고
고뇌하며 살리라

벗어날 수 없는 굴레이기에

🌿 미움에 대한 예의

나는 엄마가 미웠다.

누구도 아닌 엄마를. 다른 사람도 아닌 엄마를. 단순히 때리고 구박하고 고등학교를 안 보내고 일만 시켰다는 그 이유만이 결코 아니다. 결혼을 하고 내가 극도의 고통을 받을 수밖에 없는 원인을 제공한 사람이 바로 엄마였다.

중학교를 졸업하고 6년의 세월을 딸이 아닌 노예처럼 혹사당했다. 나의 그런 희생이 있었기에 엄마는 한 사찰을 창건할 수 있었다. 그래서 엄마가 창건한 사찰 대암사는 어찌 보면 내 인생 희생의 산물이다. 엄마는 내가 고등학교 진학을 못하게 했고 일을 시켰다. 그 노동의 대가로 내가 시집을 갈 때 집을 한 채 사주겠노라고 약속했다. 그것은 주변사람들이 모두 알고 있었다. 그랬기에 내 결혼은 그 조건이 우선시 된 것이 사실이다.

그러나 결혼 후 그 약속은 지켜지지 않았다.

엄마가 그 약속을 지키지 않음으로써 내가 받은 고통, 그 고통은 사람으로서 도저히 감당할 수 없는 비참함이었다. 내 자존심이 망가지고 심지어 인간으로서의 존엄성마저도 상실하게 했다. 내 인생은 엄마가 지키지 않은 약속 때문에 결국 모든 것이 엉망이 되어 버렸다. 정상적인 생활은 생각할 수도 없었다. 결혼 후 남편과 그 외 가족들로부터 형언할 수 없는 온갖 멸시와 모욕을 받으며 결혼생활을 이어갈 수밖에 없었다. 자살을 생각하고 이혼을 생각하며 늘 그런 지옥 같은 삶을 살아야 했다.

그런 엄마가 미울 수밖에 없었다.

그랬던 엄마가 세상을 떠나실 즈음.

사찰 대암사를 맏딸인 나에게 주라는 유언을 남긴 것은 그 분의 한 가닥, 한 가닥 양심이었으리라. 그러나 법적으로 어떤 조치도 해놓지 않았고 아버지를 비롯하여 동생들이 그것을 인정하려고 하지도 않았다. 철없던 어린 동생들이 그런 사연을 알 리 없었다. 대학을 나온 그들에게 나는 언니 또는 누나가 아닌 그저 배우지 못하고 일만하던 하인 같은 천박한 존재에 불과한 사람이었던 것이다. 그러니 엄마의 그 유언은 덧없이 스쳐간 바람이 되고 말았다.

그러나 만약에, 만약에 엄마의 그런 유언마저도 없었다면 나는 그
분노를 삭이지 못하고 어떤 범죄를 저질렀을 지도 모른다.

엄마가 가시고 아버지는 엄마의 유언 따위는 아랑곳하지 않고 사
찰을 매각하려고 했다. 철없는 동생들은 내가 절을 빼앗기라도 할
까 봐 온갖 방법으로 나를 헐뜯고 폭언하고 견제하는 등 그야말
로 기막힌 일들이 벌어졌다. 그럼에도 나는 엄마의 한과 나의 한
이 서린 그곳, 그곳 대암사를 지켜야 한다는 판단을 하였고 그건
옳은 판단이었다.

내가 살고 있던 서울 집이며 두 아들 몫으로 준비해 두었던 작은
집들까지 모두 처분하고도 돈이 부족했다. 농협에서 1억을 대출
까지 받아 그 사찰을 아버지로부터 정당한 값을 치르고 매입했다.
그렇게 어렵고 힘들게 대암사를 인수받았다. 그리고 그곳을 향기
가 가득한 장소로 만들기 위한 일들을 계획하고 있었다. 종교 포
교뿐만 아니라 삶을 배우고 마음을 치유하는 문학과 예술이 공존
하는 그런 공간을 만들려고 계획을 한 것이다.

그때 대암사에서 나는 잠시나마 짧은 행복을 경험했다.
그러나 호사다마(好事多魔)라 했던가? 지금까지 아무리 생각해봐

도 도저히, 도저히 이해되지 않는 사건이 일어났다. 그건 차라리 사고라고 해야 할 그런 어이없는 사건이었다. 그 사건은 지금도 내 인생에서 가장 풀 수 없는 회한(悔恨)으로 남아 있다. 내가 어찌어찌 사기를 당한 피해자가 분명함에도 거꾸로 사이비종교 교주 그리고 사기꾼으로 몰리는 일이 벌어진 것이다. 그러고도 세상물정에 어둡고 모든 것을 순진하게 바라봤던 나는 그 사건에 제대로 대처 하지 못해 사기꾼들이 꾸민 누명을 쓰고 감옥에 가게 되었다.

그후, 사계절을 보내고 감옥을 나왔을 때 나는 꿈도 남편도 전 재산도 다 잃고 전과자가 되어 있었다. 두 아들은 대학생이었고 남편은 돌아가시고 1억의 융자에다 관리해줄 사람도 없었던 사찰은 이미 경매로 넘어간 상태였다.

참담한 결과였다.

그토록 그 사찰을 지키려고 했던 것은 그 사찰이 어떻게 창건되었는지 그 골 깊은 사연을 너무나 잘 알고 있기 때문이었다.

엄마는 딸과 아들 그렇게 자식을 둘이나 잃고서야 비로소 운명에 승복하고 불도(佛道)의 길로 들어 가셨다. 나는 그 애처롭고 처절했던 과정을 다 지켜본 사람이다. 자식을 잃고 몸부림치는 엄마의 울부짖는 모습이 너무 불쌍하고 가여워서 같이 울었다. 그리고 너무 마음이 아팠다. 어린 마음이지만 엄마의 그 아픔을 외면하지 못한 것이다. 남편을 잃으면 다시 재혼을 하겠지만 자식은 잃으면 그만이라는 생각에 그 참담함을 알 듯 했다.

그토록 듣고 싶었던 여고생이라는 말. 그 꿈같은 아름다운 말을 끝내 나는 잃어버렸고. 남편도 대암사도 잃었다. 그리고 내 인생은 처절하게 망가졌다. 엄마도 여자다. 나도 여자이기에 그분의 아픔과 고통을 인정하고 내 도리를 지키려 한 것이다. 엄마의 인생뿐만 아니라 내 인생의 꿈과 한이 서린 사찰 대암사. 그토록 지키려했던 대암사.

하지만, 하지만 나는 끝내 그 사찰을 지키지 못했다.
그랬기에 지금은 엄마에게 더 없는 미안함으로 살고 있다. 엄마에 대한 미움도 연민도 내 암담하고 처절했던 사연도 모두 가시넝쿨이 되어 내 가슴에 묻혔다. 이제는 영원히 풀 수 없는 응어리가 되어 전설 속으로 사라진 대암사.

나는 그렇게 대암사를 잊지 못한다.
차마 잊지 못하는 것이다.

"엄마, 미안합니다. 대암사를 지키지 못해 정말 미안합니다."

슬픈 미소

내 가슴 깊은 곳에 늘 서늘한 슬픔이 가득 있었다.

슬픔뿐만 아니라 비애감 좌절 감당할 수 없는 분노와 울분 그리고 복수심, 어떻게 하면 그들에게 복수를 할 수 있을까? 나에게 함부로 하는 그들을 용서할 수 없었다. 시퍼런 비수를 가슴에 품고 있으면서도 사람들 앞에서는 늘 웃었다. 어쩌면 이중인격자인지도 모른다. 그러나 아무 힘도 없고 할 수 있는 것이 없으니 그냥 웃는 것이다.

너희들이 내 슬픔을 아니? 내가 말을 안 하는데 어떻게 알겠니? 그렇게 자조하며 나는 세상을 조롱했다. 웃으니 좋아서 웃는 줄 알겠지? 그러나 나는 좋아서 웃는 것이 아니었다. 많은 것을 무시하는 것이다. 그게 나였다.

그런 나에게 선뜻한 느낌을 들게 하는 분들이 있었다.

바로 불교계의 큰스님들이셨다. 내 깊은 내면의 감정을 정확하게 찍어내는 그분들 앞에 나는 당황하고 떨리면서도 당돌하게 물었다. 그럼 내가 당하는 수모와 억울함 그리고 그로 인한 고통은 무엇이냐고. 답은 간단명료했다.

그게 너의 인생이다.

그 인생이란 답을 찾지 못해 지금 내 목숨이 붙어 있다.

그러다 보니 글이랍시고 주절주절 쓴다.

배우지 못해 무식하고 단순하다.

단순하니 계산도 못한다.

그게 나일뿐이다.

· · ·미움에 대한 예의

🌿 버리는 미학

72년 결혼한 나는 87년 합의이혼을 했다.

그리고 아내라는 이름을 버렸다.

우여곡절을 겪고 숱한 과정을 거치고 나서야 비로소 법정에서 합
의이혼 최종판결을 받았다. 그렇게 최종판결이 내려지던 그 순간
온몸에 힘이 쭉 빠졌다. 남편과 나는 각자의 손에 서류를 들고 법
정을 나섰다. 다리가 후들거리고 현기증을 느꼈다.

결혼생활 15년만이다. 법정 문을 나서는데 남편은 모든 것을 체념
한 듯 자신의 서류를 나에게 주었다. 그리고 짧은 한마디를 했다.

"알아서 하시오."

그 서류를 누군가 한 사람이라도 90일 이내 구청에 신고를 하면
호적정리가 끝난다. 그 기간이 끝날 때가지 누구도 서류를 접수하
지 않으면 이혼은 무효가 된다. 마치 수도승처럼 마음을 비웠다.

그리고 어쩔 수 없는 갈등과 방황을 해야만 했다.

그러나 나는 그 서류를 끝내 구청에 접수 시키지 못했다. 차마 할
수 없었던 것이다.

두 아들에 대한 예의였다.

🌿 우리 아버지

남존여비(男尊女卑) 사상이 깊었던 우리 아버지
그 차별을 나는 극명하게 받았다.

개성에서 1·4후퇴 때 월남하신 우리 아버지는, 미 8군에 근무하
셨다. 그래서 그 어려웠던 시절에도 우리는 별 어려움 없이 살았
다. 참으로 고마운 일이다. 그러나 아버지께서는 유난히 아들에
대한 집착이 강하셨다. 아버지에게 딸은 자식이 아니었다. 아주
단적으로 '남의 집에 시집가면 그만이다.' 하셨다. 그러니 그런 아
버지에게 사랑 같은 것은 기대할 수 없었다.

어린 딸이 엄마에게서 심한 학대를 받고 있다는 것을 뻔히 아시
면서도 무관심으로 방관하셨다. 그러면서도 아들은 금지옥엽(金
枝玉葉)으로 키우셨다. 매달 월급을 받으시면 서울 화신 백화점에
올라 가셔서 아들에게 먹일 바나나, 오렌지, 빵 등 그 당시로써

는 정말로 귀하고 비싼 먹거리를 사오셨다. 그리고 옷과 세발자전거(그 시절에는 세발자전거가 동내의 명물이었다)와 장난감 등 아들의 용품을 사오셨다. 그러나 내 옷이나 용품은 단 한 번도 사 오신 적이 없었다. 그렇게 먹을 것을 사 오시면 다락에 감춰두고 아들에게만 주었다.

그처럼 아버지의 아들에 대한 집착과 사랑은 가히 상상을 초월하는 도저히 이해할 수 없는 경지였다.

그런 아버지였기에 엄마의 마지막 유언 대암사를 큰딸인 나에게 주라는 유언도 그분에게는 아무런 의미가 없는 것이었다.

오직 내가 딸이라는 이유로.

🌿 나도 미운 사람이 있다

누구든지 자기에게 상처를 주는 사람은 밉다. 그런 사람을 예쁘게 봐줄 수는 없을 것이다. 그게 인지상정(人之常情)이다. 나도 그렇다.

그런데 나는 천성이 약해서인지 아니면 어딘가 좀 부족해서인지 어려서부터 누군가와 소리치고 악쓰고 다투며 싸워 본 적이 없다. 그럴 힘도 없었다. 그래서인지 어른이 되어서도 마찬가지로 억눌려만 살아왔다.

결혼 전에는 엄마에게서 늘 그랬고 결혼 후에는 손윗사람은 물론 손아랫사람에게서도 폭언 등 온갖 모멸과 따돌림을 당했다. 하지만 그들과 소리치며 싸워본 일이 없다. 심지어 손아랫사람이 악을 쓰고 덤비고 욕을 해도 죽지 못해 사는 사람처럼 그냥 참고 견딜 뿐이었다. 그랬지만 누구이든 나에게 악쓰고 소리치고 함부로 하는 사람을 용서하고 싶지 않았다.

그들은 지금도 내 가슴에 미운 사람으로 남아 있다.

굳이 그들을 용서하려고 하지 않는다. 용서할 필요가 없다고 생각한다. 그들은 자신들이 지은 모든 업을 스스로 받을 것이라고 믿기 때문이다.

선인선과 악인악과(善因善果 惡因惡果).

그것이 하늘의 순리라고 믿는다.

···미움에 대한 예의

울분

치밀어 오르는 울분을 다스리지 못하면 삶이 파괴된다.

그 감정을 다스릴 수 있다면 비로소 어른이 되는 것이다. 그것을 다스리지 못하고 감정에 휘둘리면 자신은 물론 다른 사람의 삶도 파멸로 가게 할 수도 있다. 뿐만 아니라 그 울분과 분노는 사람도 죽이는 살인자가 될 수도 있는 것이다. 그렇게 무서운 것이 울분이다.

마음을 다스릴 수 있다는 것은 용기이다.

도(道)란 어려운 것이 아니다. 자신의 마음을 다스릴 수 있는 힘이다. 남을 다스리려고 함은 어리석음이다. 자신을 지혜롭게 다스려야 잘 사는 것이고 잘 산다는 것은 편안한 삶을 뜻하리라.

안빈낙도(安貧樂道). 비록 물질은 넉넉하지 않아도 편안한 마음으로 도리를 지키는 삶. 어차피 사람은 물질로는 마음을 채울 수가 없기 때문이다. 금은보화가 아무리 많아도 만족하지 못한다. 마음 다스림의 지혜가 있다면 얼마든지 즐겁고 행복하게 살 수 있는 것이 인생이다.

그러니 울분을 잘 다스리면 도인이 되는 것이다.

• • • 미움에 대한 예의

🌿 사각지대

실제로는 존재하는데 보이지 않는 곳을 사각지대라고 한다.

우리 속담에 '등잔 밑이 어둡다'라는 말처럼 가장 가까운 곳에 이런 사각지대가 있다. 특히 사람의 관계에서는 더 그렇다. 부부, 부모자식, 친구, 상사와 부하직원, 선후배 등 수많은 사람들 사이에 사각지대가 존재한다. 그럼에도 가장 가까운 사람의 사각지대는 짐작도 못하고 살아가는 경우가 많다.

특히 부부간의 사각지대가 그런 경우가 아닌가 싶다. 어쩌면 부부의 사각지대는 서로 노력하지 않음으로 생길 수 있다고 본다. 그래서 부부의 사각지대는 슬픈 현실일 수도 있다.

몸과 마음이 일심동체라고 하면서 살지만 그건 겉모양일 뿐, 몸도 마음도 멀어졌는데 어떤 부부들은 연기를 하며 산다. 왜 그렇게라도 살아야 할까? 그건 서로에 대한 욕심인 것 같다. 이제는 황혼이혼도 나쁘지 않다고 생각한다. 서양은 물론 일본에서도 또 우리나라에서도 황혼 이혼은 흔한 일이 되었다. 억지로 꿰맞추며 사는 것보다 서로 산뜻하게 정리하는 것이 아름다울 수도 있을 것이다. 이건 어디까지나 내 개인적인 생각이다. 사각지대를 안고 살면서도 이런저런 복잡한 일 때문에 참고 산다는 것은 왠지 단 한 번뿐인 인생을 낭비하는 것 같은 느낌이 든다.

물리적인 사각지대는 어쩔 수 없이 존재하는 것이지만 사람관계에는 서로 노력 여하에 따라 없애고 살 수도 있기 때문이다.

물론 그렇지 않은 부부가 대다수이다.

젊은 시절 어려움을 함께 겪으며 아이들 키우느라 고생했던 그 깊은 정을 무엇과 비교할 수 있겠는가? 옛말에 조강지처는 칠거지악을 범해도 내치지 않는다고 했다. 그 의미를 새겨본다.

· · · 미움에 대한 예의

불치병

세상에 무관심보다 더 큰 병은 없다고 한다.

언젠가 어느 신문에서 '무관심'이라는 글을 읽은 기억이 있다. 독일의 히틀러가 유태인을 그토록 무참하게 학살하는데 과연 독일 국민은 정말 아무도 몰랐느냐는 그런 글이었다. 아니었다. 독일 국민들은 대부분 그런 일이 자행되고 있다는 것을 어느 정도 알고 있었지만 관심이 없는 척, 무관심했다는 것이다. 그 글의 결론은 이 세상에 무관심보다 더 무섭고 큰 병은 없다는 것이다.

지금 우리나라 현실은 어떤가?

나라가 위기에 와 있는데 우리 국민 대부분은 과연 어떤 생각을 갖고 있을까? 설마 전쟁이 나겠어? 설마가 사람 잡는다는 속담이 있다. 막상 전쟁이 나면 모든 것은 끝난다. 지금은 시대가 다르다. 달라도 너무 다르다.

6·25전쟁 때만 해도 옛날 호랑이 담배 피던 시절이야기다. 지금은 최첨단 무기들이 무한정으로 준비되어 있다. 그런 상황에서 막상 전쟁이 나면 어찌되겠는가? 그런 생각을 해 보는 국민이 얼마나 될까? 아마도 그들도 전쟁의 참상에 대해 짐작은 할 것이다. 그러나 애써 그 관심을 피하고 싶은 것인지도 모른다. 아니, 무관심한 척하는지도 모른다. 지금 당장 코앞에 벌어진 일이 아니므로. 참으로 애석한 일이 아닐 수 없다.

나는 어린 손자 손녀가 다섯이나 된다. 고물고물 눈망울이 예쁘다. 그 아이들이 좋은 세상에서 살았으면 좋겠다는 간절한 기도를 한다. 내가 만일 내 목숨이라도 바쳐 그런 전쟁을 막을 수 있다면 기꺼이 바칠 수 있으리라. 그런 심정으로 기도를 한다. 나의 기도는 무슨 종교적 의미의 기도가 아니다. 한 마음으로 하루하루 최선을 다해 흉악한 세상이 아닌 좋은 세상이 되길 간절히 기도한다.

우리는 무관심이라는 불치병에 걸리지 말고 우리나라 대한민국을 지키고 안보에 관심 갖고 살자는 말을 외치고 싶은 것이다.

🌿 수저 이야기

금수저 흙수저 이야기가 세상에 심심치 않게 회자되고 있다.
그러나 금수저 물고 나왔어도 자신이 지키지 못한다면 아무런 소용없는 일이다. 운명은 주변 조건이나 환경에 의해서 인위적으로 만들어지는 것이 아니기 때문이다.

사람의 운명은 오로지 자신의 의지로 개척하고 도전해서 만들어가는 것이다. 성공은 노력의 결과일 뿐이다. 자신의 운명을 만들고 싶다면 꼭 버려야 할 병이 있다. 바로 게으름과 오만이라는 병이다.
어떤 노력과 모험에 도전을 했느냐? 그것이 자신의 운명을 좌우한다. 금수저 아니라 다이아몬드를 물고 나왔어도 자신이 지키지 못하면 그게 무슨 의미가 있겠는가? 아무 소용이 없는 것이다.
세상의 어느 부모도 자식에게 가난을 물려주고 싶은 사람은 없다.

자식을 위해 희생하는 부모를 원망하는 듯한 수저 이야기는 슬픈 느낌이 든다. 힘없는 부모들을 더 슬프게 하는 것 같아서 말이다.

어느 시대 어느 사회든 유행어가 있다. 이 시대 요즘 유행하고 있는 수저 이야기는 웃어 넘기기에는 뭔가 좀 씁쓸한 여운을 남긴다.

··· 미움에 대한 예의

🌿 마음 다스리는 법

인심이 천심이라고 한다.

하늘의 뜻이 따로 있고 사람의 뜻이 따로 있는 것이 아니라 사람 마음이 바로 하늘의 마음이라는 뜻이다.

마음은 실체가 없다. 생각의 씨줄과 날줄이 모여 마음 밭을 만든다. 생각이 반듯하면 심성도 반듯하고 바르다. 타고난 마음은 본래 있는 것이 아니다. 끊임 없이 일어나는 생각을 어디에 두느냐, 그게 마음 밭이 만들어지는 과정이다.

똑같은 현상이라도 긍정적으로 생각하면 좋은 현상이 되고 부정적으로 생각하면 나쁘게 보이는 것이다. 이렇듯 생각을 어떻게 하느냐에 따라 결과가 달라진다.

우리는 다르다는 이유로 서로 틀렸다고 갈등하고 싸우며 고통을 만들어낸다. 그러나 다르다는 것은 틀렸다가 아니다.

그런 상황을 극명하게 보여주는 사람들이 바로 정치인들 같다. 같은 상황을 놓고 이념이나 자기 주관에 따라 해석이 다르다. 그렇게 극에서 극으로 치닫는다.

세상에 대화로 풀지 못할 일은 없다. 다르다는 생각이 깊어지면 타협이 어려워진다. 그러니 상대방과 웃으며 말할 수 있는 용기만 있으면 그게 마음을 다스릴 수 있는 힘이 되는 것이다.
모든 것은 작은 생각에서 비롯된다. 그 생각을 바르게 잘 지켜 자기 영혼을 풍요롭게 하고 성숙한 삶을 살아야 할 것이다. 감정이 폭발할 때 빨리 자신의 내면을 들여다보고 스스로 자중하면서 무엇이 문제인지 찾아보자. 해답은 반드시 있다. 그런 생각이 마음을 다스리는 일이다.

마음 다스리는 일은 대단한 일이 아니다. 우선 자신을 믿어야 한다. 자신이 자신을 믿고 인정하고 사랑하면 세상이 아름답게 보인다. 자신을 믿지 못하고 부정하면 스스로 못난이가 되는 것이다. 생각이 머무는 곳에 운명이 있다고 한다. 생각은 마음 밭을 만들어 자신을 지키는 힘이기 때문이다.

· · · 미움에 대한 예의

🌿 과거, 현재, 미래

과거 역사에서 우리는 배워야 한다.

어쩌다가 우리 민족이 일본의 식민지가 되어 숱한 수모를 겪었는지. 왜 수많은 선열들이 고귀한 생명을 바쳐 나라 찾는 독립운동을 해야 했는지 알아야 한다. 그들이 조국에 바친 그 피 값을 우리는 지금 헛되게 하고 있지는 않은지 생각해야 한다.

지금 살고 있는 우리는 다음 세대를 위해 이 나라를 위해 무엇을 해야 하는지도 고민해 봐야 한다. 이 나라를 보호하고 지켜 좋은 세상을 만들어 물려주어야 할 의무도 있는 것이다.

현재 정치를 하는 일부 사람들이 나라를 위태롭게 하는 것을 보며 참으로 통탄함을 감출 길 없다. 무엇보다 중요한 것은 나라다. 나라가 있어야 개인의 삶이 있는 것이다. 권력을 잡기 위한 싸움도 정도가 있는 것이다. 그토록 갖고 싶은 권력을 잡아도 나라가

망하면 무슨 의미가 있는가? 정치를 하는 사람들은 우선 무엇보다도 나라를 지키려는 의지가 있어야 한다. 그래야 권력을 잡을 자격이 있다고 생각한다.

어린 시절 우리 집은 조선일보와 동아일보 신문만을 보았다.
우리 아버지께서는 야당을 지지하셨다. 그런데 어느 날, 이웃사람들이 이야기하는 것을 들었다. 아버지는 지금 대통령이 잘 하고 있지만 야당에 힘을 주어 견제세력을 도와야 한다고 하셨다. 그때는 무슨 말인지 몰랐다. 지금 생각해보니 참으로 훌륭한 생각이셨다.
그때 그 시절에는 지금의 저급한 정치인들처럼 대통령을 함부로 말하고 나라를 망하게 하는 야당이 아니었다. 그럼에도 권력이라는 막강한 힘이 어느 한쪽으로 편중되는 것을 막는 그런 역할이었던 것 같다. 법이 모든 사람에게 공정해야 하듯 권력의 힘도 평등을 유지하도록 하는 그런 야당이었다. 지금처럼 저질스럽고 야비하고 나라를 위태롭게 하는 정치인들이 아니었다.

그러던 어느 날 아버지가 신문을 보시다가 화를 내셨다. 처음에는 무슨 이유인지 몰랐다. 시간이 조금 지나고 알게 되었다.
고속도로 공사 현장에서 공사를 방해하며 막는 야당 사람들이 눕고 난리를 쳤다는 것이다. 아버지께서는 정말 화를 많이 내셨다.

· · · 미움에 대한 예의

지금 생각해 보면 그때 그랬던 사람들이 훗날 어떤 짓을 했는지 우리는 알 만큼 안다. 그렇게 화를 내셨지만 그래도 여전히 신문은 조선일보, 동아일보를 보셨다. 만일 아버지께서 생존에 계셨다면 작금의 현상을 어떻게 하셨을까?

이북 개성에서 어린 나를 품에 안고 1·4후퇴 때 남쪽으로 피난 오신 우리 부모님의 삶은 참으로 힘든 생을 사셨던 분들이다. 막걸리 한잔을 거나하게 드시면,
"고향이 그리워도 못 가는 신세……."
노래를 부르시며 못내 그리운 고향과 남겨놓은 식구들을 보고 싶어 눈물을 흘리시던 우리 아버지. 그 회한의 눈물은 너무나 가슴 아픈 한이 아니겠는가?
그렇게 한 많은 세월을 사셨던 분들. 엄마는 89년에 아버지는 2002년에 눈을 감으셨다.

지금 현실이 흘러가면 과거가 되는 것이고 지금 이 현실을 잘 다스리면 다가오는 미래가 되는 것이다. 과거가 따로 있고 미래가 따로 있는 것이 아니다. 그래서 지금 현실이 중요한 것이다. 이 땅에 또다시 누군가에 의해 나라가 짓밟히게 되는 그런 일은 정말 일어나서는 안 될 것이다. 그건 너무나 무서운 일인 것이다.

🌿 믿음 · 1

믿음은 자신을 믿는 것이 가장 중요한 믿음이다.

그게 진정한 믿음이다. 타인을 믿는 것이 아니다. 나 자신을 진심으로 믿어야 남도 믿을 수 있다. 내가 나를 믿고 나를 인정하고 나를 사랑해야 남도 나를 믿고 인정하며 사랑할 수 있으리라. 내가 나를 믿지 못하는데 어찌 남이 나를 믿어주겠는가?

모든 것은 '나'로 시작이다.

내 자신 스스로 양심을 지키고 질서를 지키고 그리고 나를 믿으며 살아야 한다.

그게 진정한 믿음이다.

· · ·미움에 대한 예의

믿음 · 2

신(神)은 어디에 있는가?

인간에게 벌과 복을 줄 수 있는 절대적 신은 존재하지 않는다.

적어도 나는 그렇게 생각한다.

진리를 배우고 익혀 바른 삶을 살기 위해서 종교의 좋은 가르침이

필요한 것뿐이다. 사람을 협박하는 맹신, 광신, 미신은 우리가 반

듯이 버려야 할 또 하나의 사회 폐습이고 악습이다.

하늘 아래 땅 위에 나 홀로 존귀하다.

인간은 만물의 영장이다.

노파심

이건 어디까지나 내 생각이다.
그냥 나이 들어 늙어가고 있는 한 노파의 노파심이라고 하자.

하여간 내 눈에 비친 국회의원들. 나는 그들이 참 이해가 안 된다. 우리 국민은 그들에게 너무 지나치게 무관심한 것은 아닌지? 어째서 그들이 그토록 많은 특권을 누리며 국민들의 세금을, 혈세를 낭비하고 있어야 하는가?

배우고 똑똑한 사람들이 그렇게도 없단 말인가?
그들의 특권이 사실인지 아닌지 밝혀보고 싶다.
우리 국민들의 무관심에 세상은 어지럽게 돌아가고 있다.
그래서 슬프다.

･･･미움에 대한 예의

🌿 인과·응보(因果應報)

기대가 크면 그만큼 실망도 크다. 내가 그랬다. 두 아들에게 나는 기대가 컸던 엄마였다.

대학에 다니고 있던 두 아들은 어느 날, 경찰로부터 아버지의 변사를 알게 되었다. 그리고 더 기막힌 현실은 엄마가 구치소에 수감 되어 있다는 사실이었다. 두 아들의 충격은 참으로 어이없는 날벼락이었으리라.

그럼에도 잠시 귀휴로 장례를 치르려고 나온 엄마가 재수감에 대한 부담감 때문에 자살을 할까 봐 제발 죽지 말라고 했다. 그러나 막상 내가 출소 후 두 아들은 나에게 냉정했다. 대화가 끊어졌다. 나는 두 아들에게 엄마의 자격을 상실한 것이다. 죽지 못한 사람을 그냥, 그냥 보는 관계가 된 것이다. 그 이상도 이하도 아닌 것이었다. 더없이 큰 실망을 안겨 줬기에 지금도 숨죽이고 산다. 때로는 며느리들의 불손도 참아낸다. 한번 무너진 신뢰는 회복하기 어렵기 때문이다. 그런 저주받은 운명을 안고 산다. 마음은 어디에도 안주하지 못해 늘 허공을 맴돈다.

나에게 외로움은 사치이다.
남편 빈자리에 대한 쓸쓸함은 그야말로 웃기는 허영이다. 현실에서 끌어안고 견뎌야 하는 고통의 무게가 버겁다.
내 인생 인과응보(因果應報)다.

· · ·미움에 대한 예의

울화통

잘못한 것이 없는데도 매를 맞는다. 억울한 소리를 들으면서 아니라고 말을 못한다. 어떤 오해를 받고 있는데 내가 안 그랬다고 해명도 제대로 못하고 울기만 한다. 말을 하면 될 텐데 말은 안 나오고 눈물만 흘린다. 속이 터진다. 이런 바보가 어디 있나? 바보다. 정말 바보다.

세상에 그런 바보가 어디 또 있으랴.
그건 바보가 아니고 병이다.
그것도 고칠 수 없는 무지막지한 불치병. 그 병은 울화통이다. 그 울화통이 터지는데 할 수 있는 것이 없다. 그래서 나는 글을 썼다.

아! 나의 불치병 울화통.

나의 심증, 그 사건의 진실

나를 감옥에 보낸 여인. 그 이름을 잊지 못한다.

그 여인은 지금쯤 어디서 무슨 생각을 하며 살고 있을까? 내 사건
은 내가 뭔가 잘못해서 생긴 사건이 아니다. 나를 고소한 그 여인.
그 여인의 돈을 가로채기 위해서 주변의 나쁜 사람들이 터무니없
이 꾸민 사건이라고 생각한다. 그 여인을 꼼짝 못하게 하고 수십
억의 돈을 갈취하려고 만들어낸 사건이라고 믿는다. 그렇지만 그
여인은 자신이 철저하게 당할 때까지 그 실체를 몰랐을 것이다.
아니면 그 사건을 조작한 그 남자와 살고 있을 수도 있을 것이다.
사건이 진행될 때 나는 충분히 알 수 있고 느낄 수 있었다. 그러나
그건 심증이다. 심증만으로 꾸민 사건을 이길 수는 없는 것이다.
그들의 꼭두각시가 되어 나에게 신세를 지고도 나를 향해 욕을
하던 그 여인.

살아있다면 이 하늘 아래 어딘가에 있겠지.

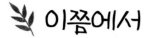 이쯤에서

그동안 나를 힘들게 했던 사람들에게 가식이 아니라 진심으로 감사를 하려고 한다. 그들이 없었다면 내가 글을 쓰기 시작했을까? 아닐 것이다. 그랬기에 시인이 되고 작가가 되고 법사가 되고 강사가 되었다. 힘들게 하는 사람이 없었다면 편안함에 안주하고 세속적인 습관에 젖어 평범한 삶을 살았을 지도 모른다.

우선 엄마가 그랬고 아버지의 방관이 그랬고 사랑 없는 남편의 냉대가 그랬고 시누이들의 시집살이가 그랬다. 그리고 나와는 상관없는 사건에 희생양이 되어 억울한 옥살이도 했다. 그 한을 어찌 풀지는 사실 아직도 모른다.

그렇게 당할 때는 나도 그들이 죽도록 미웠고 훗날 두고 보자 하며 복수를 벼르기도 했었다. 그런데 그런 상황에서도 혹시라도 내

가 뭔가를 잘못하는 것은 없을까? 무조건 그들을 미워할 것이 아
니라 나에게도 문제는 없는 것인지 살펴보기도 했다. 내 결론은
하늘이 나를 크게 쓰려고 담금질을 하는 것은 아닌가? 그런 아이
러니한 생각도 했었다. 그렇게 나는 수수께끼 같은 삶을 살았다.

인간은 생각하는 갈대라고 한다.
맞는 말이다.

ㆍㆍㆍ미움에 대한 예의

🌿 젊은 부부

나를 고소한 장○○ 여인보다 더 나쁜 사람들이 있었다.

바로 우리 절에서 일을 했던 젊은 부부다. 장 여인은 그가 스스로 나를 고소한 것이 아니다. 오히려 어쩌면 나보다 더 큰 피해를 당했을지도 모른다. 그럴 사연이 있는 사건이었다. 조○○라는 사람이 교묘하게 꾸미고 엮은 일이라고 생각한다. 그런 모함에 장 여인이 끌려들어 꼭두각시가 되었을 것이다.

그 젊은 부부는 나에게서 많은 도움을 받은 사람이면서도 그들에게 매수되어 나를 모함하는 일에 가담하였다. 그들이 우리 절에 오기 시작했을 때 주변에서는 많은 사람들이 그들이 절에 오는 것을 우려했다. 그 젊은 부부는 못 쓸 사람들이라고 말하는 사람들이 많았다.

나는 종교의 진정한 역할은 그런 사람들을 잘 가르쳐 바른 사람이 되게 하는 것이라고 역설했다. 그리고 몹쓸 사람들이라면 "내가 끈 달아 쓰지 뭐." 그렇게 농담까지 했었다. 그들이 다급해 할 때 내 돈도 수 천만 원이 건너갔다. 그랬는데 그 부부는 고소하는 여인에게 협조하여 나를 모함하는데 합세했다. 물론 대가를 받고 했겠지만 도저히 믿어지지 않는 일이었다. 나중에 그들이 자필로 나를 모함한 글을 보며 인간이기를 포기한 사람들이라는 생각이 들었다.

난 그들을 미워하지 않는다. 미워할 가치조차도 느끼지 않는다. 그들이 저지른 만큼 그 업보를 고스란히 받을 것이라고 믿기 때문이다.

🌿 내 마음, 강물이 되어

내 마음은 강물처럼 무심한 듯 흘렀다.
잊지 못하는 〈대암사〉, 엄마에 대한 연민 〈무상〉, 엄마의 삶 〈촛불〉.
내 마음을 하늘이 알았는지 내 시들을 작곡하겠다는 연락이 왔다.

〈대암사〉

월봉산 자락 산사에 바람이 부네
스치는 바람결에
떠난 그 님은 간 곳이 없어라

어느 곳에 머무시나요?
어느 곳에 머무시나요?
그대

가신 곳이 어디신가요?

가신 곳이 어디신가요?

불러도

불러도 대답 없는 무심한 사람아

스쳐간 바람이 한을 묻고

전설로 사라진

한 서린 대암사여

작곡: 등소염, 소프라노: 민은홍

(등소염: 중국 저장성 후저우대학 예술대 주임교수)

〈무상(無常)〉

길 가다 문득, 생각나는 그대

그리움이 사무쳐

눈시울 붉어지리라

차마, 잊혀지리 짐작도 못하리니

• • • 미움에 대한 예의

스스로 온 자

스스로 갈 것이다

고운 정 하나

가슴에 숨겨 살리라

훗날 잊지 못할

그 정 하나를 묻고

세월가면 문득

기억되는 삶의 한 페이지가 있으리

작곡: 김현옥, 메조소프라노: 김현주

〈촛불〉

무슨 한이 그리도 사무치어

그 고운 속마음을 태우시나요?

너울너울 타는 불꽃
그 누구라 그 마음 아오리까

흐르는 눈물조차 차마 아쉬워
알알이 진주되어 맺혀 빛나고

아름다운 불꽃으로 승화하시니
천상에 옥녀로써 환생하소서

작곡: 이남영, 바리톤: 송기창

삶의 향기

꼭
장미가 아니어도

꼭
백합이 아니어도

한적한 길가 누구도 관심 없는 키 작은 민들레이어도 난 좋다. 꽃
으로 피어 푸른 하늘을 볼 수 있다면 난 좋다. 화려하거나 아름
답지 않아도 내 꽃을 피우고 내 향기가 퍼질 수 있다면 난 좋다.

나만의 고운 색으로
나만의 향기로
묵묵히
세상에 꽃 피우리라.

4부

아름다운 방황

방황
허공을 떠돈다
그러곤
아무 열차에건
몸을 싣는다

달리는 기차의 창밖을 보라
숱한 풍경들이
슬라이드처럼 스쳐가고
잊은 듯 묻힌
추억들을 떠오르게 한다
그대여

아름다운 방황의 끝자락에서
그리운 그대를 그리며
종착역에서
만날 기대에 부풀어
웃노라

사랑하는 그대여

흔들린다는 것

흔들린다는 것. 그것은 두 가지 모순된 개념을 지닌 말이다. 미풍에 흔들리는 나뭇잎, 옷소매에 이는 작은 파문에도 흔들리는 산사(山寺)의 촛불, 가끔은 고민하고 갈등하며 방황하는 인간의 모습. 이런 것들은 정녕 아름다운 흔들림의 표상(表象)이리라. 반면 흔들린다는 말이 내포하고 있는 부정적 개념은 그 같은 긍정적인 개념에 비해 훨씬 광범위하고 포괄적이다. 그것은 단순히 물리적인 흔들림의 범주를 넘어서 위치나 중심을 잡지 못한 형상 특히 사람의 심리적, 정신적인 동요나 불안정한 상태를 내포하고 있기 때문이다.

우리는 사회가 어떻고 정치가 어쩌니 하며 그것들에 관해 이런 저런 이야기들을 하기도 한다. 그러나 사회는 무엇이며 정치는 무엇인가? 결국 사람이 만들어내는 결과물들이 아닌가. 다시 말하면 세상만사는

···미움에 대한 예의

모두 인간이 만들고 또 만들어가는 것이다. 사람 마음이 온전치 못하고 이리저리 흔들리고 불안해진다면 그런 사람들을 구성원으로 하고 있는 사회도 종국에는 그와 같은 현상에 이르게 될 것이다.

각기 다르게 살아온 두 사람이 만나 부부가 되고 가정을 이룬다. 가정은 가장 작고 기초적인 사회집단이다. 그러니까 가정이 무수히 모여 한 사회를 구성한다. 그래서 부부의 마음이 흔들리면 가정이 흔들리고 그 가정이 흔들리면 아이들이 흔들리고 나가서는 사회 전체가 흔들리게 되는 것이다. 그렇게 볼 때 비록 작지만 가정이라는 작은 집단이 사회에 미치는 영향력은 실로 막대하다고 하지 않을 수 없다. 그러기에 사회가 건재하려면 작은 집단인 가정이 흔들림 없어야 한다.

예로부터 여자는 땅, 즉 대지라 했다.
대지는 세상 만물을 품어 싹을 틔우고 성장시키는 위대한 힘을 갖고 있다. 그것은 아무리 세월이 흘러도 변할 수 없는 만고의 진리다. 남편과 자식을 왕으로, 거지로도 만들 수 있고 범죄자로도 만들 수 있는 것이 여자다. 엄마, 어머니, 아내, 며느리, 딸 등 그의 역할은 그야말로 가족의 운명을 손 안에 쥐고 있는 마이더스의 손이라고 해도 과언이 아닐 것이다.

우리는 지금 최첨단 정보화시대에 살고 있다. 컴퓨터나 스마트폰이 없으면 모든 것이 안 되는 세상이 되었다. 그러나 그런 문명의 혜택으로 생기는 부작용 역시 만만치가 않다. 기계에 의지하고 살다 보니 책 한 줄 읽지 못한다는 말을 가끔 듣는다. 독서는 영혼을 살찌우는 영양제이다. 과학적인 생활인으로써, 그리고 주부로써 할 일을 다 하고, 아내로써는 아름답고 편안한 반려자가 되어주고, 어머니로써는 철학적인 사고와 손끝의 사랑으로 자녀를 키운다면 그 가정은 절대로 흔들리지 않을 것이다.

취미생활이 도를 넘어서도 안 될 것이다. 또한 종교는 인생의 고급 액세서리에 불과한 것이니 종교에 빠져 시간이며 돈이며 온갖 많은 것을 소비하게 되면 주객이 전도되는 것이다. 그로 인해 인생을 망칠 수도 있다는 뜻이다. 무엇이든 적당해야 한다. 아무리 좋은 보약도 넘치면 독이 되기 때문이다.

낙엽이나 꽃잎이 날리며 흔들리는 것은 아름다운 광경을 연출하기도 하지만 무슨 이유로든 사람의 마음이 흔들려서는 안 된다. 마음이 흔들리고 가정이 흔들리게 되면 사회가 혼란으로 이어지게 되는 것이니 그리 되지 않도록 우리가 삶을 잘 가꿔야 한다.

🌿 연애질

가슴이 두근거린다.

설레는 마음을 제어할 능력이 상실되고 세상은 온통 무지갯빛이 되어 빛난다. 연애보다 더 신나는 오락이 있을까? 이성에 대한 호기심으로 시작되는 연애는 두 사람이 의기투합하여 함께 추는 신나는 춤이다.

감히 누가 연애를 나쁜 짓이라 할 수 있으리.

연애는 젊은 사람들만의 특권이 아니다. 누구라도 상대를 만나면 즐길 수 있는 범국민적(?) 게임이다. 연애가 재미있는 것은 두 사람만의 은밀한 즐거움을 만끽하기 때문이다. 남모르게 하는 것에는 쾌감이 있다. 때로는 상식을 초월하여 상대를 만나게 되는 이변도 다반사로 일어 날 수 있는 것이다. 그런 대형사고도 종종 발생한다. 재미있는 사고다.

인생 살면서 그런 사고 한번쯤 없다면 너무 무의미하지 않을까? 사고도 능력이다. 그런 능력을 경험하기 위해 숨겨진 끼를 찾아내는 것이 진짜 자신을 찾는 것이라고 생각한다. 나는.

연애는 단조롭고 따분하게 반복되는 일상에서 가뭄에 단비처럼 삶에 활력을 주는 비타민이며 질 좋은 카페인이다.
그러나 남이 하면 연애질이다.

🌱 가을비

가을비 내리는 날.

추적추적 가을비 내리는 소리. 거리의 나무들은 온몸을 풀어헤치고 비를 맞는다. 젖은 낙엽들은 침묵을 삼키며 알몸으로 거리에 눕는다. 그들을 바라보는 우리는 연민에 싸인다. 자연의 순리를 우리는 거역할 수 없다.

지난 여름의 열정과 추억은 이미 기억에서 잊혀 간다. 잊힌다는 것은 곧 쓸쓸함이다. 푸르던 초목들의 흔적은 간 곳이 없다. 온통 가을빛으로 물들은 낙엽들은 비에 젖어 침묵한다.

따뜻한 커피 잔의 온기가 반갑다. 그 온기는 손끝에서 생기를 돌게 하고 지난 여름의 추억은 아스라이 멀어져 간다. 가을비가 내리면 그 다음 세상은 점점 동장군의 차지가 된다. 힘없는 우리는 차가운 바람에 더 외롭다. 가난한 우리는 가을비를 더 이상 낭만

이라고 생각하지 않는다. 성큼 세찬 겨울 찬바람을 가슴에 안겨

줄 것이기 때문이다.

쓸쓸한 가을비.

···미움에 대한 예의

⚘ 술 면허증

요즘은 남녀노소가 자연스럽게 술을 먹는다.

젊은 처자가 술을 먹고 담배를 피운다 해도 특별히 시비할 일도 아니다. 그야말로 우리 세대에서는 격세지감을 느낀다. 나도 술을 즐긴다. 그래서 술에 관대한 편이다. 그러나 술로 인한 국민건강의 악화는 물론 말할 것도 없고 술김에 저지르는 범죄나 사고가 끊이지 않고 있는 것을 볼 때 문제가 심각하다는 생각이 든다. 술 때문에 일어난 성추행 사건으로 나라가 국제적 망신을 당하는 일까지 벌어졌다. 그래서 생각했다.

술 면허증!

운전면허증이 있어야 운전을 하듯 술도 면허증이 있어야 먹을 수 있다면 어떨까? 운전면허를 취득하려면 운전 공부를 하는 것처럼 술 먹는 교육 즉, 주법을 교육받고 술 면허증을 교부 받아야 술을 먹을 수 있게 말이다.

'법령 ○○○조에 의거 술 먹는 것을 허가함'이라고 쓴 면허증을 발급해 주는 것이다. 만 22세부터 시험을 볼 수 있는 자격이 주어지고 시험 방법으로는 일정량의 술을 마시게 하고 취하는 과정을 심사위원들이 지켜보는 것이다. 그리고 결과에 따라 등급을 준다.

나이가 어릴 때는 맥주와 막걸리 등 알코올 도수가 약한 것으로 노란색 면허증이다. 보통으로 먹는 사람들은 초록색 면허증, 그리고 술이 강해서 양주, 폭탄주 등 주종을 가리지 않고 먹을 수 있는 사람은 빨간색 면허증을 주는 것이다.

술집에 가면 우선 술 면허증을 보여주고 술 주문을 해야 한다. 그래야 그에 합당한 술을 마실 수 있다. 그런데 술 면허증을 보여주지 않고 '양주 주세요' 하면 술집 주인은 면허증을 보여 달라고 할 의무가 있다. 만일 노란색 면허증을 소지하고 있는 사람이 양주를 달라고 한다면 주인은 '손님은 맥주나 막걸리 혹은 와인을 드셔야 합니다.' 그런데도 손님이 자꾸 양주를 달라고 고집 부리면 즉시 신고하여 고발한다. 그러면 경찰 혹은 주류면허 관리청에서 출두하며 연행하고 벌금과 벌점 등 합당한 처벌을 받게 된다. 그 처벌에 따라 근신하며 금주기간도 주어지는데 만일 그것을 위반하면 술 면허증 자체를 취소당할 수도 있는 것이다.

술. 잘 먹으면 인생의 윤활유도 되고 인생의 참 맛도 깨우칠 수 있지만 잘못 먹어 자신의 인생은 물론 남의 인생도 망칠 수 있기 때문이다.

누구라도 그런 술 면허제도가 시행된다면 술 마시고 싸우고 시비하며 범죄를 저지르는 일은 줄어들거나 예방되지 않을까? 그렇게 되면 술을 잘 먹고 잘 삭히고 바르게 먹는 방법을 가르치는 주법교육학원도 생길 것이다. 칼을 잘 쓰면 요리도구가 되지만 잘못 쓰면 살인 도구가 되듯 술도 그렇다.

"야! 나 이번에 ○○학원에서 공부하고 실습에 통과하여 드디어 빨간색 면허증 땄어! 기념으로 오늘 양주 한잔 먹자!"

🌼 나는 여자다

푸른 청춘이라고 한다.

그럼 황혼은 무슨 색일까? 내가 좋아하는 보라색이라면 어떨까?

그래서 황혼의 사랑을 보랏빛 사랑이라고 한다면 정말 아름답지

않을까?

세월이 흘러 나이가 들었다고 여자가 아니랴. 오히려 젊었을 때

보다 더 여자이고 싶은 것이 솔직한 심정이다. 지는 꽃이 애처롭

듯 스러져가는 듯한 황혼은 아쉽지만 그렇다고 결코 잿빛 어둠만

은 아닌 것이다.

인생이 어찌 젊음만이 전부이겠는가? 젊음은 젊음 그 자체만으로

도 멋지고 겁 없는 열정과 꿈으로 찬란하다. 그러나 노년도 노년

대로 완숙하고 노련한 우아함이 존재한다. 젊었을 때 미처 몰랐

던 인생의 깊은 멋도 알게 되었다.

···미움에 대한 예의

황혼이라고 사랑이 없으랴. 젊음이 용광로 같은 뜨거운 사랑이라면 황혼은 연민으로 바라보는 애잔함이리라.

가는 세월이 아쉽지만 그 아쉬움에 머물지 말고 자신을 가꾸는 긴장을 늦추지 않으려고 애쓴다. 흐르는 세월에 외모가 변하고 기력이 쇠약해져도 건강과 아름다움을 지키려는 노력은 꼭 필수로 해야 한다.

무엇보다도 중요한 것은 언어습관과 식습관이다. 나이 들수록 말은 곱고 아름답게 해야 한다. 말을 거칠게 하면 품위를 잃고 경망스럽다. 체중도 늘지 않도록 식습관을 조절해야 한다. 멋도 중요하지만 체중이 늘면 건강이 나빠진다. 노후의 삶은 건강이 최우선이기 때문이다.

나는 아직 여자다. 그러므로 가는 세월을 두려워하지 않고 나를 가꾼다. 자신을 가꾸는 것은 정숙함이다. 겉을 가꾸려 하는 것이 아니라 내면의 아름다움을 가꾼다. 그리고 영혼을 승화시키기 위해 열심히 노력한다.

그뿐이 아니다.

난 아직도 보랏빛 사랑을 꿈꾼다.

🌿 지금, 내가 있는 자리

문학을 하는 지인들이 글을 쓰기 위해 자리를 옮겨 어딘가로 떠난다는 소식을 종종 듣는다. 누구나 가끔은 일탈을 꿈꾼다. 그래서 현실을 비켜나 자기만의 공간과 시간을 가져보고 싶어 한다. 글을 쓰기 위해 자리를 옮긴다는 것도 그런 의미일 것이다. 꼭 글 쓰는 작업만을 위해서가 아니라 늘 있던 자리에서 잠시 벗어나 해방감을 느껴 보고 싶은 것이다.

두 아들이 결혼하여 가정을 이루고 손자 손녀들이 태어나 대가족이 되었다. 직장에 다니는 며느리를 대신하여 가사와 아이들 돌봄을 하고 있다. 자연스럽게 며느리와 가깝게 지내지만 시어머니라는 생각은 하지 않는다. 한 시대를 살아가고 선후배 같은 여자들. 그리고 그들에게 봉사하는 마음이다. 그러므로 그들의 인격과 능력을 존중하고 상호 간 협력관계로 살아간다.

··· 미움에 대한 예의

내가 해야 하는 일에 짜증내거나 힘들다고 아우성 하지도 않는다. 즐겁고 기쁜 마음으로 기꺼이 묵묵히 해낸다. 기왕에 하는 일 좋은 마음으로. 그리고 현실에 충실해야 한다는 것이 내 인생 철학이다.

나도 때로는 지금의 자리를 벗어나 조용한 곳에 머물며 고즈넉한 나만의 시간을 갖고 싶다. 그런 멋진 생활의 여유를 싫어할 이유가 없다. 그러나 내가 지금 있는 자리에서 벗어나면 우리 아들, 며느리, 손자, 손녀들이 불편할 것이다.

그래서 참는다.

지난 삶에서 인지위덕(忍之爲德)을 배웠기 때문이다.

컵라면

새벽 빗소리에 눈을 떴다.

머리가 띵하다. 간밤의 과음 탓이리라. 어둠이 채 가시지 않은 창밖에 빗줄기가 제법 세차다. 속을 달래려고 차를 마셔 보는데 속이 영 불편하다. 잠시 후 창밖을 보니 빗줄기는 약해지고 하늘이 훤하게 밝아오는 느낌이다. 주섬주섬 옷을 챙겨 입고 비닐우산 하나를 들고 집을 나섰다.

일터로 나가는 사람들의 걸음이 멈춘 한산한 거리. 지금 그들은 휴일 아침의 달콤한 휴식에 빠져있으리라. 부슬부슬 비 내리는 길을 걷다 보니 마치 내가 낯선 거리의 이방인이 된 듯하다.

어디쯤 갔을까? 예쁜 편의점이 보인다. 언젠가 학생 몇 명이 옹기종기 모여 컵라면 먹는 것을 보고 무척 부러워한 적이 있었다. 나도 기회가 되면 저들처럼 편의점에서 컵라면을 한번 먹어 봐야지

···미움에 대한 예의

했던 그 생각이 떠올랐다. 안으로 들어서니 대학생쯤으로 보이는
청년이 반갑게 인사를 한다.

"저, 컵라면 좀 먹을 수 있나요?"

"그럼요."

친절하게 뜨거운 물통이 있는 곳을 안내 한다. 작은 컵라면에 물
을 부어 넣고 잠시 기다리는데 마치 젊은이가 된 듯 기분이 붕 뜬다.
아! 맛있다. 속이 풀린다. 이런 것이구나. 한적한 휴일 이른 아침
편의점에서 먹어 보는 속 풀이 컵라면으로 잠시 희열을 경험했다.

컵라면 하나로 행복했던 휴일 아침.

🌱 50번 행복하기

어느 날 손자가 작은 과자 한 봉지를 갖고 왔다.

친구가 주었다고 자랑하는데 외국산 과자였다. 그런데 맛을 보더니 얼굴을 찡그리며 맛이 없다고 밀어 놓는다. 평소 과자나 빵을 즐기지 않는 나였지만 얼마나 맛이 없기에 그러는지 하나 맛을 보았다. 순간 나는 깜짝 놀랐다. 내 입에는 너무 맛있는 과자였다. 짭짤하니 딱 내 입맛이었다. 아니, 이거 술안주잖아?

가끔 밤에 홀로 술을 즐긴다. 그러는 나에게 그 과자는 와인이나 맥주 안주로 제격이라는 생각이 들었다. 과자를 먹고 그 봉지를 가방 속에 보관했다. 혹시나 그것을 사려고 할 때 보여주려고. 그러나 내가 다니는 슈퍼나 마트에서는 찾을 수가 없었다.

어느 날, 친구들과 만난 자리에서 그 과자봉지를 보여주며 어디서 살 수 있느냐고 물었다. 술안주로 좋더라는 장난스러운 설명을 덧붙여서.

··· 미움에 대한 예의

얼마 후, 크리스마스가 다가올 즈음이었다.

한 친구로부터 주소를 보내라는 문자가 왔다. 교직에서 정년퇴임을 하고 시골에서 농사를 짓고 있는 친구이기에 농사지은 것을 보내주려니 생각하며 주소를 보냈다. 그리고 이삼일 후 택배가 왔다.

그 과자가 50봉지나 들어 있었다.

🌿 우리 정신 차리자

오래 전 우연히 한 권의 책을 접하게 되었다.

『조선의 점복과 예언』이라는 제목의 책으로 일제 강점기 조선총독부에서 조선의 전통문화 전반에 걸친 자료를 조사한 책이다.

일본은 한일합방 수년 전부터 이미 조선의 토속신앙, 생활문화, 지명, 향교, 사찰, 불상, 신흥종교에 이르기까지 상당히 치밀하고 체계적으로 면밀한 조사를 하였다. 그 내용이 일본인 '무라야마 지쥰'이라는 사람에 의해 책으로 출간되었고 그 후 우리나라에서는 심리학자 김희경 교수가 이를 재조명하여 우리말로 펴낸 것이다.

그 내용에 따르면 조선 사람들은 관혼상제에서부터 생활 속의 모든 대소사에 이르기까지 점복을 믿고 따를 뿐 아니라 자발적으로 개척하는 정신이 약해 뭔가에 의지하고 싶어 한다는 것이다.

그런 평가는 개화된 일본이 미개한 조선을 지배하는 것은 당연하다는 식의 논리를 바탕에 깔고 있는 것으로 보인다. 이처럼 일본은 그들이 조선의 생활문화를 파악하면서 이미 오래 전부터 우리를 식민지화 하려는 음모를 진행시켰다는 것이다.

그들의 그런 음모에 대하여 우리 조선은 어떠 하였는가? 이완용 같은 매국노가 합세하여 나라를 무너뜨리지 않았는가? 그저 가슴이 답답하다.

그 책을 읽으며 너무나 화가 났다.

지금도 여전히 점술에 의존하려는 사람들이 많다. 물론 현대사회에서 상담을 필요로 하게 하는 요인은 다양하다. 인간의 미래란 언제나 불확실한 것이기 때문이다. 그러나 미래에 대한 불안감 보다는 현실을 충실하게 살면 굳이 내일을 불안하게 생각할 필요가 없는 것이다.

얼마 전 아이들과 잠시 일본을 다녀왔다.

여행사를 통해서 하는 관광이 아니라 초등학교 다니는 아이들을 위해 큰아들이 가족동반 여행을 계획한 것이다. 대중교통을 이용하여 역사박물관, 사찰 등을 살펴보았다. 내가 느낀 일본은 우선 깨끗하고 정숙하다는 것이었다. 모든 공공시설과 거리 그리고 특히 공중화장실이 깨끗하고 정결하였다. 우리처럼 청소하는 분들이 상주하다시피 하는 것이 아님에도 그랬다.

대중교통 전철에서도 자리가 비어 있다고 밀치고 뛰어 들어가는 사람이 없었다. 대부분 빈자리가 있어도 서 있는 사람들이 많았다. 충격적인 것은 옷차림이 마치 우리나라 60년대처럼 대부분 수수했다. 허벅지를 다 내놓고 큰 소리로 떠들고 짙은 화장을 한 사람들은 외국 관광객, 특히 중국 혹은 한국 사람들이 대부분이었다.

우리는 어떤가? 공중화장실은 말할 것도 없고 아직도 골목골목 너무나 지저분한 곳이 많다. 그런 것을 보며 참담함을 느끼기도 한다.

부끄러움을 모르면 정말 대책이 없는 것이다.

나는 너무 화가 났다. 일본에게 빼앗긴 나라를 찾기 위해 얼마나 많은 애국 열사들이 목숨을 바쳤는가? 분통이 터진다. 아직도 정신 차리지 못하는 우리 국민. 어째서 캄보디아 월남 생각을 못하는가? 일본을 개인적으로 싫어하고 미워하는 나지만 그들의 생활태도는 부러운 것이다.

우리 대한민국 국민도 정신을 차려야 할 때이다.

· · ·미움에 대한 예의

🌼 사랑

동서고금을 막론하고 영원한 화두는 사랑이다.

누구든 황홀한 사랑을 하고 싶지 않은 사람이 어디 있으랴. 사랑은 청춘 남녀들만의 전유물이 아니다. 사랑은 나이, 신분, 돈, 학문, 국경 등 모든 것을 다 뛰어넘는 괴물 중의 괴물이라고 나는 표현하고 싶다.

남녀의 사랑에는 감미로움과 황홀함이 있다. 그러나 그 로맨스의 쾌락 뒤에 오는 공허감은 가끔 삶을 황폐하게 하기도 한다.

반면 종교에서 말하는 박애정신, 자비, 사랑은 무엇을 뜻하는 것일까? 그것은 더 큰 사랑과 보람과 행복까지 주는 우주 같은 사랑을 말하는 것이리라. 남녀의 애정을 능가하는 위대한 사랑이리라.

가끔 우리를 놀라게 하는 큰 범죄사건 중에는 그 내면에 돈과 여자 즉, 잘못된 망상과 애증이 잠재되어 있는 경우가 종종 있다. 남녀의 사랑은 아름다워야 하고 또 어려운 현실을 극복하는 힘이 되어야 함에도 오히려 그 사랑으로 잘못된 길을 선택하게 되는 어리석음도 있다는 뜻이다.

누군가를 사랑한다면 열심히 땀 흘려 번 돈, 떳떳한 돈으로 사랑의 힘을 먹이고 입히고 해야 한다. 그게 참 사랑이며 세상의 진리이고 순리이다. 남녀의 사랑은 아름답고 지고지순하고 의리가 있어야 한다. 사랑만큼 의리가 중요한 것이 없다. 서로에게 예의를 지키며 서로를 존중하고 그러면서도 모든 벽을 허물고 힘을 줄 수 있다면 사랑보다 더 좋은 약은 없을 것이다.

자식에 대한 사랑도 그렇다. 부모로써 정당하게 번 돈으로 자식을 키워야 그 자식이 성공하고 훌륭한 사람이 된다. 떳떳하지 못한 검은 돈으로 아무리 호의호식하며 키운다 한들 그 자식은 조금만 궁색해지면 범죄를 저지르고 심지어는 부모를 죽이는 패륜아가 되기도 하는 것이다.
세상살이에 쉬운 일이 어디 있으랴. 고달프고 힘들고 외로워도 사랑이라는 묘약으로 그것을 견디고 이겨내야 할 것이다.

· · · 미움에 대한 예의

사랑은 아름답게,

삶은 씩씩하게,

인생은 보람되게

그리고 더 큰 사랑으로 더 큰 넓은 마음으로 살아가는 성숙한 인

생이 되기를 바라는 마음이다.

겨울여행

가끔 홀로 여행을 떠난다.

역시 여행은 겨울여행이 좋다. 모두가 떠난 빈 바닷가. 멀리 보이는 등대 불빛이 외로워 보인다. 쏴아- 하고 들려오는 파도소리에 마음 머물며, 북적대던 여행객들이 떠난 텅 빈 썰렁한 횟집에서 뜨거운 매운탕에 소주 한잔을 마신다.

옅은 취기에 몸도 마음도 따뜻해진다.

홀로 앉아 마시는 술은 누구의 간섭도 누구의 시선도 없으니 참 편안하고 좋다. 아직은 여름철 바다 바캉스를 즐겨보지 않았다. 물론 여럿이 어울려 다니는 관광 경험도 별로 없다. 그렇게 어울려 다니는 것은 마치 광대들 같다. 사색도 영혼도 없이 시간과 돈을 낭비하는 것 같아서 나는 피한다.

· · · 미움에 대한 예의

비로소 나를 본다. 이게 나였구나. 마음이 우주가 된다.

다 비운다. 술잔도 마음도 다 비우니 텅 빈 우주가 들어온다. 오색찬란한 우주의 향연이 나의 영혼을 채운다. 그리고 거기에 내가 있다.

미소를 지어본다.

🌿 등대가 되어 주신 분들

나의 첫 자원봉사활동은 1990년 '자비의 전화' 상담원 활동이었다. 봉사활동을 하면서 정목스님을 만났다. 스님과의 만남은 왠지 모를 새 기운을 나에게 주었다. 얼마 후 스님의 권유로 상담부장을 맡게 되였다. 그런 계기로 불교계의 각종 행사에 자주 참여할 수 있게 되었다.

어느 큰 행사에서 낯선 사람들과 한 테이블에 앉아 있었다. 행사가 끝나고 일어서려는데 행사 관계자 한 사람이 누가 나를 찾는다고 전한다. 의아하게 생각하며 그를 따라 갔더니 행사장 테이블 맞은편에 계시던 스님이었다.

그렇게 만난 스님은 나에게 전혀 다른 길을 갈수 있게 인도하셨다. 스님의 권유로 서울구치소 불교종교위원으로 활동하게 되고 후일 법사의 길을 가게 되었다. 종교위원이 되어 활동하면서 처음에는 재소자들에게 글을 써 가지고 가서 읽어주었다. 그때는 원

　　　　　· · ·미움에 대한 예의

고가 없이는 무슨 말을 해야 할지 용기가 나지 않았기 때문이었
다. 그렇게 시작된 봉사활동은 나 자신을 발전시키는 큰 계기를
만들어 주었다.

시인으로 등단하여 내 운명을 바꾸는 하나의 큰 획을 긋게 된 것
이다.

그분이 현재 사회복지시설 인덕원 이사장님이시며 북한산에 자
리한 삼천사 주지이신 서성운 큰스님이시다.

밤바다 등대처럼 나에게 빛을 주신 분들이다.

🌱 불교에 첫 발을

불교에 입문하며
법정(法淨)이라는 법명을 받았다.

태어난 사람은 모두 늙고 병들고 죽는다.
바로 그거다. 내가 고통 속에서 살며 왜 이런 고통을 당해야 하는가? 하고 생각해보니 그건 내가 태어났기 때문이다. 그래서 죽음을 생각하게 되었고 죽음만이 고통에서 벗어나는 유일한 방법이라고 생각했다. 더 거친 광풍에 휘둘리며 나는 깨닫게 된 것이 있었다.
고통에서 벗어나려면,
그 고통을 즐기는 방법 외에 다른 길이 없다는 것을.

법정(法淨).
불법(佛法)을 통해 모든 것을 정화하라는 것이다.

···미움에 대한 예의

🌱 무당에서 시인으로

젊은 나이에 무당이 되었는데 용하다는 소문이 자자해 찾아오는 사람이 문전성시를 이뤘다. 그런데 막상 내 인생은 뭐냐는 내 자신의 질문에 대해 나는 답을 못찾았다.

그러던 나는 인간이 만물의 영장인데 내 어찌 신의 뜻을 따를 수 있겠는가? 그러니 "신은 내 말을 들어라!" 소리치고 정신을 잃었다. 얼마 후 깨어나니 어지러워 견딜 수가 없었다. 그리고 아무것도 먹을 수가 없었다. 뭔가 조금 먹으면 구역질이 나고 토하고 정말 육신에 가해지는 고통을 뭐라 말할 수가 없었다. 제대로 먹지 못하니 죽을 것 같은 고통으로 괴로웠다. 그런 고통 속에서도 하루 몇 번씩 목욕재계를 하며 뭔지 모를 힘을 찾으려 안간힘을 썼다.

그런 시간들이 흐르고 차츰 정신이 들기 시작하는데 몸은 점점 야위어 가고 지쳐가고 있었지만 정신은 조금씩 맑아지기 시작하는 것이었다. 얼마간의 고통이 지나고 마음이 편해지기 시작했다.

정신이 들면서 마치 신 내린 듯 글을 쓴다.

· · · 미움에 대한 예의

🌾 마음이 넉넉한 할머니

개성에서 태어나 1·4후퇴 때 부모님 품에 안겨 월남한 여인.
그때 그 시절이 그러하듯 피난민뿐만 아니라 우리 모든 사람들
의 생활이 어렵고 궁핍했다. 그런 시절에 겨우 중학교만을 마치
고 거친 세파를 살아내며 자신에게 닥치는 현실을 극복해 냈다.

그러면서도 악으로 버티며 모든 것을 참았다. 결코 쉽지 않았던
파란만장했던 삶의 여정을 오직 글로 다스리며 살아낸 것이다.
자신의 곁에 머무는 고독을 벗하고 외로움을 요리하며 성숙을 위
한 몸짓을 한 것이다.

일찍 가버린 남편의 빈자리를 지키며 두 아들 두 며느리와 함께
그리고 손자 손녀들의 재롱을 보는 재미로 하루를 산다. 틈틈이
보이지 않는 봉사에 마음을 쓰며 웃는 얼굴로 살아가는, 이 시대
에 마음이 넉넉한 할머니다.

🌿 이유 같은 이유

좋아하는 것에는 이유가 없다.

누군가를 좋아하는 것. 혹은 뭔가를 좋아한다는 것. 그 좋아한다는 것에는 이유가 있을 수 없다. 그냥 좋은 것이다. 뭔지 모르게 그냥 좋은 느낌. 그게 정말 좋은 것이다. 느낌이 좋다는 것 그것은 자신의 느낌에 충실하다는 의미이기도 한다. 자신의 느낌에 충실하다는 것은 자신을 믿는다는 뜻이기도 하다. 그렇게 좋아하고 사랑하는 것은 진실로 아름다움이리라.

이유가 많으면 머리가 아프고 재미가 없다.

재미없는 것은 따분하고 시시하다. 재미있는 일 중에 연애만큼 재미있는 일이 또 있으랴. 물론 연애의 대상이 꼭 이성만이 아닌 어떤 일이 될 수도 있는 것이다. 그게 문학일 수도 있고 또는 춤과 노래일 수도 있다. 여행일 수도 있다. 그 어떤 일이라 할지라

· · · 미움에 대한 예의

도 좋아하는 것은 그 일과 연애를 하는 것이다. 그렇게 연애는 참
좋은 것이다.

이유가 필요 없는 연애. 진짜 연애는 느낌 하나면 된다.
그게 이유 같은 이유다.

🌱 억울함을 당해 봤는가?

무슨 기구한 운명을 타고 났는지 나는 어릴 때부터 엄마로부터 부당함을 많이 당하며 자랐다. 큰 잘못이 없어도 매를 맞고 어린 나이에 힘든 가사를 도맡아 해야 했다. 결혼과 동시에 만난 사람들에게서도 사람대접은 고사하고 그들의 난폭한 폭언과 수모를 당하며 살았다. 참 억울하고 분했다. 결혼한 것을 후회했다. 차라리 모질게 대하던 엄마 밑에서 동생들이나 더 챙기며 살 것을. 그런데 모진 운명도 모자랐는지 더 기막힌 참담함도 겪었다.

억울함을 당하는 것은 죽음보다도 더 고통스럽다. 죽으면 차라리 고통이 없으리라. 그러나 숨은 쉬고 있는데 억울함을 당하는 것은 죽음보다 더 잔인하다. 나는 그런 고통을 당해봤다.

지금 나라가 흔들리는 사건이 발생되었다. 그 사건은 조사 중인

··· 미움에 대한 예의

데 어쩐 일인지 절차고 뭐고 과정도 없이 마구 밀어버리는 이상
한 현상이 일어나고 있다. 그런데 그 조짐이 심상치 않다. 우리
가 우려하는 어떤 일도 일어나지 않기를 간절히 기도할 뿐이다.
진정 이 나라의 안녕을 위해.

삶과 죽음

삶과 죽음보다 더 절절한 말은 없다.

죽음을 생각하면 침묵할 수밖에 없다. 그러나 삶은 침묵만 하고 있을 수는 없는 것이다. 삶은 생(生)으로 시작되고 움직이는 것이다.

태어나는 동시에 시작하는 우리 삶은 죽음에 이르기까지 숱한 우여곡절을 겪고 역동의 파노라마를 연출해 낸다. 그 어쩔 수 없는 법칙은 누구도 거역할 수 없다.

생과 사는 어쩔 수 없는 자연의 법칙이고 노와 병은 살아가는 과정에서 파생되는 순리다. 태어나고 싶어 태어난 것이 아니다. 그건 자연의 순리다. 그리고 죽음도 그러하다.

선택의 여지가 없이 주어진 환경과 만난 사람들.

· · · 미움에 대한 예의

부모와 형제들 그리고 친구 이웃 등 수많은 연(緣)들이다. 그들과 희로애락을 나누며 공동체를 이루며 살아 낸다. 그 과정에서 누구는 성공이라는 화려한 단어를 가슴에 안기도 하고 누군가는 실패라는 쓰라린 상처를 안기도 한다. 그러나 생각해보라. 멀쩡한 팔등신에 눈, 귀, 코, 입(혀), 신(몸), 정신(의) 이렇게 육근이 정상이라면 그것을 비장애인이라고 한다. 그리고 어딘가 불편함이 있다면 장애인이라고 한다.

눈에 보이는 장애와 보이지 않는 장애.
사람이 사람을 해치고 세상을 이롭게 하지 않는 사람들. 그게 정신적인 장애인이다. 눈에 보이는 장애만이 장애의 전부가 아니기 때문이다. 눈에 보이지 않는 정신적 장애. 그것이 더 심각하고 더 무서운 장애다.

삶은 행복하게 사는 것이 목적이다.
겉으로 보이는 화려한 성공이 아니더라도 스스로 만족하고 살면 그게 성공이다. 성공 같은 실패도 있고 실패 같은 성공도 있다. 요즘 세상의 욕을 다 먹으며 피 터지게 서로 싸우는 국회의원들을 보라. 그들이 금배지를 달기 위해 무슨 짓들을 했기에 보여주는 수준이 그러한지. 그들이 정신적 장애를 안고 있는 사람들은 아닌지.

물론 그렇지 않은 청렴하고 올곧은 사람들도 있을 것이다.

죽음을 맞기 전까지는 삶은 움직이는 것이다.

정지되어 있는 것은 삶이 아니다. 살아있다는 것은 생동이다. 그야말로 살아있기에 움직인다는 말이다. 살아있어 움직이는 것은 몸만 뜻하는 것이 아니다. 우선 생각이 부지런하고 움직여야 몸이 따른다. 생각이 게으르면 할 수 있는 것이 없다. 그래서 살아있는 사람에게 게으름이라는 병은 암보다 더 무서운 질병이다. 생각이 게으르면 마음도 게으르고 마음이 게으르면 아무것도 하지 못한다. 특히 게으르면 베풀고 나누지 못한다.

부지런하다는 것은 감정에 충실한 것이다.

좋은 것에는 크게 웃고 슬픈 것에는 눈물을 흘리는 정. 화가 날 때는 분명히 왜 화가 났는지 살펴야 한다. 옳지 못함에 화를 내는 것은 정의로움이다. 정의는 살아 있어야 한다. 정의가 죽으면 사회는 죽는다.

삶은 개척이며 아름다운 도전은 생동감의 극치이리라.

생과 사는 결코 둘이 아니므로.

・・・미움에 대한 예의

❀ 3치(癡) 이야기

노래를 못하는 사람은 음치, 춤을 못 추는 사람은 몸치, 길을 잘 모르는 사람은 길치라고 한다. 그런데 행인지 불행인지 나는 이 3치를 다 갖춘 사람이다.

우리 친구가 말한다. "음정 박자 제 멋대로 부르면서도 세상에서 제일 노래 잘 하는 사람처럼 노래를 부른다"고. 그래서 우리는 웃는다. 그 친구 말처럼 나는 노래 못 하는 음치다. 그런데도 노래할 기회가 오면 열심히 부른다. 듣는 사람 신경 안 쓰는 음치다.

언제인가 주민센터에서 무료 스포츠댄스 교습이 있었다. 선착순이기에 얼른 신청을 하고 이틀 정도 나갔는데 그만 허리에 이상이 왔다. 이틀 연습하고 보름 정도 한의원에서 침을 맞았다. 그 뒤로는 춤이 무서워 절대로 안 한다. 그래서 지금까지 몸치에 머물러 있다.

의정부에서 두 아들과 살다 큰아들이 결혼을 하게 되었다. 이래저래 집을 옮기며 큰아들 짐은 광진구 군자동으로, 내 짐은 강서구 등촌동으로 옮기게 되었다. 그곳에 내가 작은 상담사무실을 가지고 있었기에 그렇게 된 것이다. 짐 옮길 수단을 고민하던 중 마침 식당을 하고 있는 친구가 큰 차를 가지고 있어 책과 책상 등 몇 가지를 옮겨주겠다고 했다.

모든 사정을 말했으니 나는 당연히 그 친구가 내 짐이 등촌동으로 가는 것을 제대로 알고 있을 것으로 생각했다. 그런데 의사 전달이 제대로 안 된 모양이었다. 같이 차를 타고 이런 저런 이야기를 나누다 보니 그 친구가 군자동에 다 왔다고 집이 어디냐고 물었다. 나는 왜 군자동을 왔느냐고 오히려 핀잔을 주었다.

친구가 화를 냈다. 그 친구 말은 등촌동으로 가는 거면 오면서 그 길이 아니라고 말을 왜 안 했느냐는 것이다. 그런데 나는 정말 길을 모른다. 정말 모른다. 그렇기 때문에 그 길이 등촌동으로 가는 길인지, 군자동으로 가는 길인지 정말 몰랐다. 그러니 그 친구는 정말로 화가 난 것이다.

나는 분명 3치가 맞는 것 같다.

···미움에 대한 예의

✾ 때로는 모자란 듯한

사람은 기계가 아니다. 기계는 느슨해지거나 허술해지면 고장이
난다. 그리고 그 고장이 때로는 엄청난 재앙을 불러올 수도 있다.
그래서 기계는 철저히 완벽해야 한다.

그러나 사람은 다르다. 사람이 기계 같다면, 그리고 기계처럼 완
벽하다면 세상은 정말 재미가 없고 살맛도 안 날 것이다. 사람의
감성적이고 낭만적인 사고는 기계적이 아닌 자유분방하면서도
여유로운 삶에서 나오는 것이다.

농담 같은 말이지만 남자들은 완벽해 보이는 여자보다는 뭔가 조
금 모자란 듯 부족한 듯한 여자에게 보호본능을 느끼게 되어 더
보호하고 사랑하려고 한다고 한다. 그건 무엇을 의미하는가?

방송 코미디 프로에 단골로 등장하는 바보 시리즈.
어째서 우리는 바보의 어설픈 짓을 보며 즐거워할까? 사람이 완

벽해 보이고 틈새가 없어 보이면 들어갈 공간이 없을 것이다. 그러면 감정도 느낌도 서로 공유하지 못하고 소통이 안 될 것이다. 소통이 안 된다는 것은 기계적이라는 말이다. 곧 감정이 없다는 뜻이다. 사랑은 소통이다. 아니 사랑이야 말로 완전한 소통의 산물인 것이다. 그냥 바라보기만 해도 좋다. 목소리만 들어도 좋다. 그냥 좋은 거다. 그렇게 사랑은 무조건 좋다.

때로는 모자란 듯한
허술함이 우리의 삶을 즐겁게 하는 것이리라.

··· 미움에 대한 예의

🌿 스트레스

숨 쉬는 일도 힘들다면 힘든 것이 인생이다.

요즘 스트레스라는 말이 어이없을 정도로 남용된다. 너도 나도 툭하면 스트레스 받는다고 한다. 거기다 하나 더 애매모호한 말. 신경성이라고 한다. 사는 게 뭔가? 이것저것 신경 쓰며 사는 것이다. 신경 끄고 살면 멍청한 거다. 그런데 아무 것도 아닌 데도 신경성이라며 스트레스 받는다고 한다.

불교 가르침에 이 세상을 사바세계 고해의 바다라고 한다. 하는 일 없는 놀고 있는 사람에게 물어보라. 먹고 노는 일이 쉬우냐고. 먹고 노는 일도 힘든 것인데 하물며 일상생활이 녹녹한 것이 어디 있을까? 오죽하면 이 세상을 고통의 바다라고 할까? 그러려니 하면서 웃으며 살면 또 그렇게 살아진다.

정말 힘든 사람은 힘들다고 말하지 않는다. 장애를 안고 사는 그들은 힘들다는 말조차 아낀다. 너무 힘들기 때문이다. 궂은일도 마다하지 않고 묵묵히 해 내는 사람들도 수 없이 많다. 모두들 조용히 자기가 할 일을 하며 산다. 사노라면 때로는 힘들 때도 있고 아플 때도 있지만 그런 것을 견디며 보람을 찾는다. 그게 인생이다.

그러니 힘에 겨우면 생각을 바꿔 더 힘든 사람도 있으려니 자신을 위로하며 사는 것이 현명한 삶이리라. 그러면 덜 힘들 것이다.

스트레스를 사랑하면 세상이 보인다.

· · · 미움에 대한 예의

🌼 어른이 된다는 것

나이가 많으면 무조건 어른이 되는 걸까?
우리는 마치 농담처럼 진담처럼 나이 숫자는 숫자에 불과 하다고
웃으며 말을 한다.

어느 날 저녁 전철 안에서의 일이다. 경로석에 앉아 계시던 어르
신들이 큰 소리로 다투는 것이었다. 무슨 일 때문인지는 모르겠
으나, 연세가 좀 더 들어 보이는 분이 계속 나이를 따지며 정제
되지 않은 막말로 상대방을 심하게 다그친다. 한쪽 노인은 무시
하는 듯 그냥 묵묵히 듣고만 있었다. 퇴근시간이었고 전철은 만
원이었지만 모두들 무관심한 듯 있었다. 보다 못한 내가 나섰다.
"연세 있으신 어르신들이 젊은 사람들 보는 앞에서 이게 무슨 창
피한 일입니까? 하루 종일 일터에서 일하고 귀가하는 피곤한 젊
은 사람들 앞에서 이렇게 시끄럽게 해도 됩니까? 연세 드셨으면

나이 값을 해야지 대중교통 속에서 이게 무슨 부끄러운 짓입니까?"

나의 당돌한 큰소리에 노인이 주춤한다. 참으로 안타까운 일이다. 어린 시절에는 어른이 되면 무엇이든 맘대로 할 수 있는 줄 알고 빨리 어른이 되고 싶었던 기억은 누구나 다 있을 것이다. 그러나 막상 나이가 들어가며 그 나이라는 무게가 얼마나 힘겨운 것인지 알게 되었다.

나이 숫자는 많은데 철이 안든 사람들이 많다.

철없는 아이는 자기 자신밖에 모른다.

나만 잘 먹고 잘 살면 된다는 그런 생각이라면 나이 숫자가 백이라 해도 그는 어른이 아니라 철없는 아이다. 주변에 어려운 사람은 없는지 살펴보는 여유가 있어야 어른이다. 세상 걱정도 나라 걱정도 하고 다음 세대를 위해 뭘 해야 할지 고민을 해 보는 것이 진짜 어른인 것이다.

어른이 된다는 것은 베풀고 배려하며 이해하는 자비심으로 어려운 사람들을 살펴보는 여유가 있어야 한다.

우리는 예측된 삶을 사는 것이 아니다.

어떤 일들이 벌어질지 혹은 어떤 사고가 일어날지 모르는 불확실

···미움에 대한 예의

한 날들을 살고 있는 것이다. 어른이 되어 어른답게 살다 보면 지혜가 생기고 예지력도 생긴다. 어른이 되면 나와 남이 아니라 그냥 우리가 되는 것이다. 그래야 자신도 행복하고 주변도 행복해진다는 것.

이것이 진정 어른다운 어른이 되는 길이 아닌가 싶다.

🌱 새벽에

뿌지직 뿌지직
머리에서 쥐가 난다.
밖은 아직 동이 트지 않은
이른 새벽
컴퓨터 앞에 앉아있는데
머리에 번개가 친다.

무엇이
나로 하여금 이 짓을 하게 하는가?
나 자신에게 물어본다.
답이 없다.

살아있다.

• • • 미움에 대한 예의

그래, 맞다!
살아있다는 것 외에
다른 이유가 없는 것이다.

오늘
살아있음을 감사하며.

🌱 드라마

자신에게 주어진 단 한 편의 드라마.

그 드라마에서 주연이 되고 싶은가?

그렇다면 미쳐야 한다.

그리고 혼을 담아 자신의 배역에 심취해야 한다.

리얼하게 연기를 하려면 내면의 힘, 즉 내공이 굳건해야 한다. 내공이 없으면 감동을 주지 못하기 때문이다.

현실에 충실하다는 것, 참고 견딘다는 것, 주어진 환경을 극복하고 이겨낸다는 것. 그것이 바로 내공을 쌓는 것이다.

결국 내공은 인내이다.

자신의 인생이라는 단 한 편의 드라마에서 당당한 주연이 되어 빛나는 삶을 사는 것. 참으로 멋진 일이 아니겠는가?

· · · 미움에 대한 예의

사랑하는 나의 치어(稚魚)들아

내 품을 떠나는
나의 치어들아

모쪼록
이 험한 세상에서
살아서

다시
내 품에 돌아와 다오

사랑하는 나의 치어들아

에필로그

미운 놈 떡 하나 더 준다는 말이 있다.

어째서 미운 놈에게 떡을 하나 더 줄까? 생각해 보자. 그 말을 곱씹어 보면 깊은 철학이 들어있다는 느낌이 든다. 그렇다. 우리는 미운 놈 떡 하나 더 줄 수 있는 마음의 여유가 있는 민족이다. 밉다는 감정으로 미운 놈을 때리고 헐뜯기 시작하면 그 증오의 감정이 증폭되어 걷잡을 수 없는 불길이 될 수도 있다.

미운 짓 하는 놈이 결코 예쁘지 않다. 그러나 미운 짓 하는 철없는 놈을 사람 만들기 위해 떡을 하나 더 주며 달래보는 것은 아닌지.

미운 짓 하는 놈 미워하는 것은 쉬운 일이다. 그러나 미운 놈에게 떡을 하나 더 주면서 달래는 것은 그리 쉬운 일은 아니다. 그것은 어른만이 할 수 있는 일이 아니겠는가? 나이 숫자가 많다고 해서 어른이 아니다. 세상을 아우르고 달래보는 여유와 아량이 있어야 진짜 어른다운 어른인 것이다.

두 번째 에세이를 준비하며 내 나름 미운 사람에 대한 내 감정을 정리해서 할 수만 있다면 정화해 보고 싶다. 나는 미워해야 할 사람이 너무도 많았던 여인이다. 나에게 괴로움을 주는 그들에게 좋은 감정이 있을 수 없었다. 그래서 그 미움이라는 감정을 안고 추스르기에 버거웠는지도 모른다.

미움은 부정으로 가는 기차이고 사랑은 긍정으로 가는 기차라는 생각이 든다. 그러므로 나는 긍정으로 가는 사랑의 기차를 타고 싶다.

인생은 누구의 탓이 아니다.
누구의 약점을 공격하고 탓하는 자, 원망하고 시비하는 자, 자신보다 약한 사람을 괴롭히고 해치는 자, 모두 비열하고 야비한 인간이다. 사람의 운명은 스스로 선택하고 노력하여 자신이 기선을 잡고 가는 것이다. 미움이라는 부정의 기차는 자신과 타인의 삶을 파괴하고 그 미움의 불길은 제어할 수 없는 화마(火魔)가 될 수도 있다. 그로 인해 중상모략은 물론 살인도 자행되고 전쟁도 불사하게 되는 것은 아닐까?

사람을 총 칼로 죽이는 것만 살인이 아니라. 특정 한 사람을 집중 인신공격하고 침소봉대(針小棒大)하여 인격을 모독한다면 그 또한 살인과 같은 것이다. 나는 그런 공격을 당해본 사람이다.

그런 모든 불행이 미움이라는 작은 불씨로 시작되는 것이리라. 사람을 함부로 대하는 사람. 모두 미움이라는 씨앗이 자라 그런 인성의 사람이 되었을 것이다.

우리 인간은 행복하게 살기 위해 태어난 것이다. 그리고 그건 인간의 권리라고 생각한다. 사람이 불행해지는 것은 참으로 슬프고 가슴 아픈 일이다. 그러니 사랑이라는 긍정의 기차를 타고 우리 모두가 행복의 나라로 가자고 하고 싶다. 그래야 세상이 아름다워진다. 나 역시 이제는 황혼이니 그런 삶을 살고 싶다.

사랑이라는 긍정의 기차를 타고 행복을 향해 달리고 싶은 것이다.

부딪치고 흔들리는 어지러운 날들, 안주하지 못하는 방황하는 마음을 알아 보셨는지, 책으로 만들어 주겠다고 용기 주시며 손잡아 주신 청어출판사 이영철 사장님과 식구들께 진심으로 감사드립니다. 고맙습니다.